新南方诗篇

广州市文学艺术界联合会
广州市作家协会 选编

中国言实出版社

图书在版编目（CIP）数据

新南方诗篇 / 广州市文学艺术界联合会，广州市作家协会选编 . -- 北京：中国言实出版社，2023.4
ISBN 978-7-5171-4354-3

Ⅰ . ①新… Ⅱ . ①广… ②广… Ⅲ . ①诗集－中国－当代 Ⅳ . ① I227

中国国家版本馆 CIP 数据核字（2023）第 004245 号

新南方诗篇

责任编辑：王建玲
责任校对：张天杨

出版发行：中国言实出版社
　　　　　地　　址：北京市朝阳区北苑路 180 号加利大厦 5 号楼 105 室
　　　　　邮　　编：100101
　　　　　编辑部：北京市海淀区花园路 6 号院 B 座 6 层
　　　　　邮　　编：100088
　　　　　电　　话：010-64924853（总编室）　010-64924716（发行部）
　　　　　网　　址：www.zgyscbs.cn　电子邮箱：zgyscbs@263.net

经　　销：新华书店
印　　刷：北京中科印刷有限公司
版　　次：2023 年 9 月第 1 版　2023 年 9 月第 1 次印刷
规　　格：710 毫米 × 1000 毫米　1/16　28.25 印张
字　　数：298 千字

定　　价：68.00 元
书　　号：ISBN 978-7-5171-4354-3

《新南方诗篇》编委会

目 / 录

目
录

目
录

【辑二】

目　录

【附录】

【辑一】

花城（组诗）

林馥娜

白鹅潭

人们从水上而来，就像群岛漂移而至
在夜游的巨轮上
犹如踱步于家中，闲情地做菜熬汤

海珠、荔湾、芳村，三岸环拥三脉汇流
故事与秀色尽烹于汤汤珠江

起义者已遁于明朝之水深不知处
白鹅救人传奇在水面流传着顺天意合民心
岁月褪去英法租界的异样繁华

欧陆之风却以潮流的面目去而复返
犹如舶来的狐步舞
踏着娱乐的节奏旋转在今天的吧台中

而我关于这片水域的记忆
皆有明月高高悬挂。仿佛一块无字碑

用光影刻录着白鹅潭的前世、今生、来缘

当所有的小岛
带着各自的微醺游离潭畔
灯红的酒吧街静止下来，酒绿的风情停在街角

只有细脖长颈的白天鹅
在月光的抚摸下，轻轻地把头搁在万古流芳的水面

东山

或许这里原来就是一座山
倾斜如坡的街道斑驳在树影间
没有想象的天险
却有一种俊逸因其而名

东山少爷——这不羁的称谓
宛如某位将军的少年时代，寄存于
达道路深处的驻军某部档案馆
泛出岁月煮熟的蛋黄色

杏白的教堂像超越了生命的信念
竖仰着高高的尖顶
后街的小洋楼就如少爷的称谓
身负往昔的印记于此留存

站在东山口，便站在了发源与分流的出水口
昔日刚走出校门的我
就从这里进入象征繁华社会的农林下路
继而融入人流湍急的天河

如果谁曾浸淫于这方寂静后巷和喧闹前街
谁便囊括了韬光养晦与东山再起的气度
穿透时间之屏的障碍
那个骑着单车扎着马尾的我仿佛又疾驰而来

琶洲

湿地水草茂盛
深一脚，浅一脚
天空朗朗如洗
你望一眼，我望一眼

倚树而坐的一对男女
男人箍着她
女人背靠他的襟怀

多少年过去了
那幕琵琶独抱
静美而清晰

甚至还有一两头梅花鹿

在男女静听风吹的草地上
远远放牧

这片小洲岛，遗落在
地铁的尽头
独守去路的终点，来路的起点

水荫路

昔日那群从海边归来的朋友
曾经在这里吃蛋糕、喝啤酒、欣谈悦论
影荫田田，燕语啾啾
他们微笑，赞美
她们妩媚，率真

有一些人执手相爱
有一些人朦胧似月
一切如水，上善
与文字为伍，以诗情舞蹈
从水东第一滩上燃起的焰火
绽放在每个人的夜空

她是花城里的花城
络绎着如鱼得水的诗歌与人
她不是一顾而陷的索多玛城
不管经过或离开的人是否回首
有一些人，已构成她理想的骨架

仿佛不是黄昏（二首）

世宾

仿佛不是黄昏

天空明净，这是建设中的广州
难得的一天，亲切、和缓
余晖从阳台下一直铺开
农垦总局的树林、楼房
泛着灰色的水塔和远处的高楼
闪着温暖的金色。偶然抬头
在常注目的斜对面楼墙上
出现了两条蓝色马赛克装饰带
平淡无奇却充满惊喜

仿佛这不是黄昏，仿佛光线
暗下来之后，还在颤动的叶子
和很快就回家的嬉闹的女孩
不会从眼前隐没消失

此时我的心已随着这份明净
覆盖着这看得见和看不见的景象

它愉悦、轻飏，像阵和风
虽然它知道很快人造的灯光
就要代替这夕照，眼前
这树林，这高高低低的屋顶
转瞬便被黑暗淹没

在太古仓创意园

旧码头和旧货仓
改成了中餐馆、西餐厅
创意园的东风忽而
转变为西风

人们在临江露台
吃着牡蛎、酸菜鱼
或冷饮；早已养成的
饮食习惯，为了紧跟
时代的步伐，不免
有时就乱了分寸

一张脸
在眼前曾是多么亲爱的　她的
颦蹙、气息
还在记忆中萦绕
转眼间，便消隐
在货仓后面的巷道里

回想起来：巷道里
消失的，多是美好的事物
这是否归功于巷道的人流量

二楼底下的珠江水
日夜流淌，从不会
因为有人的伤心而变缓

一艘快艇从远处驰过
在楼下泛起的涟漪
像某人此时摇荡的心旌

西关记忆（三首）

黄礼孩

西关记忆

四月街景还有满洲窗可见的轮廓

一场太平洋的雨来得迟或去得早

素馨花在少女的脸上移动出阳光

从龙津街到恩宁路，无所谓打铜声

瓢虫飞过，它有自己的面目，不愿意服从别的飞翔

提着鸟笼溜达的人，露出年历上的脸

看见风衣男旗袍女穿过晨昏中的沉香

麻石街上一盅两件的基因制造着祖先的日子

牙齿还咬着方言早年的气根，哈根达斯也迎来这一刻

一位水手说起大海，眼睛周围的蓝已澎湃

云霞超脱潮水，光线早已飘到对面女孩的嘴唇上

秋日荔枝湾，一颗心游荡出的蓝调让人一时无从说起

绿风持续从湖上吹起，阳光在学校的楼顶闪烁

视线升高一些，眼光就不会在暗处生锈

打开骑楼临街的大门，漂亮的机器奔向一万条大街

市井声在民居中回旋，把灵性从九声六调中赎出来

是买花的声音，花在手中，身体变成一束光

色泽奔走向四方，这隐形之事也难以概括

大户人家与平头百姓一样擦亮窗户

生存的恩惠继续停留，耐心等待吧

岁月从来没有费解过永庆坊那一带的风情

听"地水南音"的木刻师，他手中的刨花跟随得紧

像是连锁店收银打印机打出来的凭证

这生活的清单，就像刨花，为日子留下线索

制药师与银行家背井离乡的日子如隐忍的波浪

小洋楼从废墟中步出，重见天日的模样像黄蝉花

在光中进出，仿佛她师从的不是人，而是永恒的缪斯

新来的房客，请给他南方的预感，给他阳光充沛的地理

琴声是他的居所，他点了一份发酵的梦

蓝色侧影还没照过来，但秩序与美已取悦闪亮的那个人

夕阳不经意的流传

把一个词放在小蛮腰最尖顶

起初是星辰，之后变成日出

夕阳在珠江画出了句号

游轮接近了金黄的隐喻

必须清除背景的杂乱，才能辨认出

落日在你的内心燃烧出的辉煌

在黄埔，穿过发光的花园

大地签下它的名，在这儿歇息
光线诞生另一道光线，再生一个光源
风儿爱得宽阔，犹如自身的自由
土地从不靠威胁相加而变得厚重
春天到来，不为了花朵的买卖

一道美味带来生活新的爱欲
甜点配得上轻松的音乐
更多古老的日子，像树根
抓住了记忆的石头，尚未开始的棋赛
藏起了别人的友谊，却抱怨起手气

提供青草的人，投入到森林的蓝风中
一个遥远的诗歌也有新的吹拂
秋声临近，蔷薇红得无异议。穿过发光
的花园，去赞美爱情和她带来的痛苦

在华强北遇见未来（四首）

杨克

在东莞遇见一小块稻田

厂房的脚趾缝
矮脚稻
拼命抱住最后一些土

它的根苗
疲惫地张着

愤怒的手　想从泥水里
抠出鸟声和虫叫

从一片亮汪汪的阳光里
我看见禾叶
耸起的背脊

一株株稻穗在拔节
谷粒灌浆　在夏风中微微笑着
跟我交谈

顿时我从喧嚣浮躁的汪洋大海里
拧干自己
像一件白衬衣

昨天我怎么也没想到
在东莞
我竟然遇见一小块稻田
青黄的稻穗
一直晃在
欣喜和悲痛的瞬间

广州

> 东西南北中，发财到广东。
>
> ——民谣

由北向南，我的人民大道通天
列车的方向就是命运的方向
纯朴的莫名兴奋的脸
呈现祖国更真实的面容

盲目的漫游者，在车站广场
误入房间的鸟惊慌碰撞
不管多么疲乏，也不愿逃离这鲜花稻穗之城
嫉羡那衣冠楚楚的大俗的人

像阳光在透明的玻璃中间飞翔

想象点钞机翻动大额钞票的声响
这个年代最美妙动听的音乐，总有人能听到
总有人的欲望可以万紫千红地开花
走向珠江三角洲，无数的人就这样散开
一场暴雨被土地吸收

也有人只是经历了漫长的白日梦
开始是苦难，结束也是苦难
列车的方向再度是命运的方向

天河城广场

在我的记忆里，"广场"
从来是政治集会的地方
露天的开阔地，万众狂欢
臃肿的集体，满眼标语和旗帜，口号着火
上演喜剧或悲剧，有时变成闹剧
夹在其中的一个人，是盲目的
就像一片叶子，在大风里
跟着整座森林喧哗、激动乃至颤抖

而溽热多雨的广州，经济植被疯长
这个曾经貌似庄严的词
所命名的只不过是一间挺大的商厦

多层建筑。九点六万平方米
进入广场的都是些慵散平和的人
没大出息的人，像我一样
生活惬意或者囊中羞涩
但他（她）的到来不是被动的
渴望与欲念朝着具体的指向
他们眼睛盯着的全是实在的东西
哪怕挑选一枚发夹，也注意细节

那些匆忙抓住一件就掏钱的多是外地人
售货小姐生动亲切的笑容
暂时淹没了他们对交通堵塞的抱怨
以及刚出火车站就被小偷光顾的牢骚
赶来参加时装演示的少女
衣着露脐
两条健美的长腿，更像鹭鸟
三三两两到这里散步
不知谁家的丈夫不小心撞上了玻璃

南方很少值得参观的皇家大院
我时不时陪外来的朋友在这走上半天
这儿听不到铿锵有力的演说
都在低声讲小话
结果两腿发沉，身子累得散了架
在二楼的天贸南方商场
一位女友送过我一件有金属扣子的青年装
毛料。挺括。比西装更高贵

假若脖子再加上一条围巾
就成了五四时候的革命青年
这是今天的广场
与过去和遥远北方的唯一联系

在华强北遇见未来

此刻你我经过这里，像粒子
穿越中国这台巨大的加速器
华强北是它的小小芯片

熠熠生辉的电子元件
云时代撩人心扉的钻石
镶嵌黄金地段

脱离重力一蹦突破大气层
高手纷纷抢占制高点
一览天下小
每一片玻璃
都是看世界的现代之窗
随手摘一颗星
高科技的黑莓新鲜欲滴

而未来的某一个时间轴
复活的冷冻人，与冷冻卵子孵化的男孩
于此相遇，谁是玄孙？谁是隔世的高祖？

猛犸象基因培育的胚胎
在硕大的人造子宫里复活
来到孩子们中间

引力波链接百亿光年星系
我与宇宙里无数个遥远的我
人机交流，而月亮的真相
想象力在唐朝就提前抵达

恍惚中，我们从十维空间
再度重临曾经的世界
戴上多 D 炫彩眼镜
我看见暗物质，周围如此精彩

白云山（组诗）

郑小琼

雾中梅花谷

我在晨雾中辨认那些模糊的事物

梅花谷池塘里的枯荷与红尾锦鲤

玉兰树遗落的花瓣，雀鸟叫声的斑点

行人穿过雾留下波浪状的纹理，燕子

飞过黄婆洞水库传递过来轻盈的韵律

溪间石头的波纹，夹竹桃香味的线条

我迷恋蝴蝶羽翼的色彩，它们飞过

梅林留下庄周的身影，柔软得像谜一样的身体

溶进雾荒寂的内心，雾还未散尽

山谷向我缓缓推进朦胧中的一切

晃动的花朵，飞翔的昆虫，群林深处

聚会的鸟与鸣虫，它们的低语

像一块块闪闪发光的水晶

桃花溪无言地拐弯，清冽的水响

在雾中摇晃，仿佛我的爱在山道盘旋

夜访能仁寺

暮色加深乱石丛生中那棵桉树的腔调
透过树荫下清苦的苔藓和干涸的溪流
星辰在我的身边聚集，向左的山道
连绵数里的杜鹃坡，中间夹杂野牡丹
茂盛的垂柳萤虫飞舞，灌木丛里的巨石
有一种简易的美，夜色潜入未知的山谷
明月沿栎树林上升，寂寂的声音挤满
山岭的折痕，竹林的溪流有清晰的感知
我所愉悦的寂静正被时代与繁星削减
它们一点点撤退，成为阴凉处的小块地衣
以及山体滑坡处昆虫的鸣叫，浩荡的
钟声抬高能仁寺的位置，高耸的凤凰木
隐身于紫荆花丛，杉树枝的阴影压弯
旧墓的石碑，以及凛冽的晚风间
那些在树林深处游荡的灵魂……

冬夜山中

山道寂静的树木、星辰，明月在叶片
沙沙流逝，隐逸的竹林与岁月对抗的
禅意与孤独，一块斜插入天空的石头
灰色的鸟在透明的空气洗净它的叫声
碎裂而凋零的美学，来不及绽放的光
那颗颗悬浮的星星拉近旷野与我的焦距

溪水推开山间寂寥的寺声，斜逸的松针
缝补从黑暗中渗漏出的光束，我思索
从混浊淤泥中的树木清澈与晦涩的含义
光与尘、山与水之间，我在黑暗的山中
凝视自己，当我转身，看见枝头的月亮
它仿佛带着山间寂静而空旷的秘密
站在高处，时间对于我们短暂的一生
总会存在一段伟大的误读，我用一些
细碎的词来描述南方的冬夜凛冽的冷清
或者山间将要消逝的月亮，我张望
那些我曾经深爱的事物总在流逝
它们随意地走远，消失在看不见的光影中

麓湖

树林的褶皱里饱含语言的踪迹，溪边的翠鸟
朝辽阔的湖面鸣叫，它声音里是幽幽哲学
僻静的山坡蕨类植物展开褐色的激情
山径铺开层层叠叠的形容词，在草丛
阳光投下密集的图案，藤蔓柔软的身体
保持均衡节奏回旋，光线克服自身的欲望
牵引树木节制的阴影，雀稗草尖收拢
湖畔万千事物的恬静，它剧烈地晃动
停在它躯体的蜻蜓，我通过它们的复眼
窥探双倍世界，它注视湖面的波纹
从水的褶皱，那些被液体雕琢的事物

它们混乱的秩序，那条条温驯而隐忍的鱼
游过阳光织造的寂静，从水边起飞的翠鸟
一次次飞扑，我在它们的叫声中
寻找潜伏在麓湖深处——静默的黄昏
光线朝密闭的大地倾斜……

与珠江对饮

陈崇正

南方以南的柔软平铺在江面上
游轮如出水换气的鲸鱼缓缓行进
两岸连绵起伏的不是山峦
而是万家灯火绵延构成的弧线
每一扇亮光的窗户都在滔滔讲述故事

此刻，珠江的静默是一面镜子
得意和失意的人们都能从中照见自己
在这样一个春夜，回到久违的童年
一见钟情和久别重逢在江边同时发生
热烈的拥抱和微妙的对视，欢笑与眼泪
呼应着猎德桥上一明一暗的光带
有人谈论满城花香，有人感慨家族盛衰

江风过处，岁月中无尽的桥和味蕾
从一个酒杯到另一个酒杯
满载香料和陶器的商船见证了五羊的沧桑
越秀山下，南越王宫荡漾着笑声
从黄埔古港背井离乡的人们洒下热泪

吃过姜撞奶的人赶往崖山海战遗址
吃过艇仔粥的人登上了大明的宝船
吃过肠粉的人扛起枪奔赴抗日前线
带着马蹄糕的人在南海神庙祈求国泰民安
心怀天下为民请命的人从这里一路北上
镇海楼默默记录了历史的风云变幻
记录了战士的鲜血和不屈的英雄

此刻，珠江是一面包容的镜子
穿着人字拖与穿着皮鞋的人
从四面八方来到南国花城
他们曾经在粤语歌声中海阔天空
青春热血献给了心中不灭的梦想
是的，这是造梦的城市
珠江边举杯欢腾的都是追梦之人
民谣歌手弹唱着古诗，他们看见了小蛮腰
就如我们看见水中万年不变的明月
从此相信没有围墙的城池总是更加勇敢

吊带裙（二首）

邬霞

吊带裙

包装车间灯火通明
我手握电熨斗
集聚我所有的手温

我要先把吊带熨平
挂在你肩上不会勒疼你
然后从腰身开始熨起
多么可爱的腰身
可以安放一只白净的手
林荫道上
轻抚一种安静的爱情
最后把裙裾展开
我要把每个皱褶的宽度熨得都相等
让你在湖边　或者草坪上
等待风吹
你也可以奔跑　但
一定要让裙裾飘起来　带着弧度

025

像花儿一样

而我要下班了
我要洗一洗汗湿的厂服
我已把它折叠好　打了包装
吊带裙　它将被运出车间
走向某个市场　某个时尚的店面
在某个下午　或者晚上
等待唯一的你

陌生的姑娘
我爱你

规矩

等待车流给我机会
我要横穿 107 国道
然后沿着边缘行走
拿着身份证
排队进入南头关
这个周末我打扮得美丽如花
我要走上深南大道
走向　这个城市的内心

我要小心脚下的花草
像大王椰一样，站立路旁

相互间保持相等的距离
我就这样站立
只有符合这个城市的规矩
才会有可以站立的位置
这个城市才会美丽
我才有可能因此美丽

倒车

从容

妹妹，我与你的声音相遇在涠洲岛
二十年前你录了一条广告挣了七块钱
他们对你说，你的声音会传遍天涯海角
黑暗的香蕉树下，你说"倒车，请注意！"

前台指派给我的房间号码是 412
提醒我，这天是你的生日
你是提前来涠洲岛等我吗
我从这里的房间望出去

比汉堡包还要精致的层层火山岩
用硬朗裸露的姿势挑逗大海
而大海用一天亲近她，用另一天躲避她
他多像你爱过的男人
他们留给你一些细碎的贝壳、小石子
和比"黄金海岸"还要柔细的沙
硌疼你的眼睛

从涠洲岛回到北海

在那条窄得只能跻身而过的摸乳巷
我与年轻时的姥姥相遇
她现在不姓陈了
她请我吃了一碗活着时最爱的银耳羹
还与我在菩提树下合影留念

我想到你故意让我听到你的声音
"倒车，请注意！"
妹妹，你在暗示我什么
你们俩会在我到达之前的树下等我吗
小时候姥姥问
你们长大找个什么样的丈夫
"像爸爸那样的！"

直到你死去，我们俩都没有找到
难道我们的爱人隐藏在过去的某个拐角
"倒车，请注意！"

妹妹，你能再透露一点吗
我将在未来的哪一天遇见前世的爱人
如果他来了，你是否也让我替你爱他

眺望（二首）

凌越

眺望

山因眺望而隆起，
水因眺望而远流。

夜因眺望而闪烁，
词因眺望而静默。

白云跨越山峰，
追赶高飞的鸟群。

雷霆在头顶滚动，
秋菊在大地的祭坛上燃烧。

从冰冷的黄昏不经意传来轻蔑的笑声，
——是起身告别的时刻了。

黯淡的星宿，恍惚的树林，
在我身上苏醒。

铜官山

拒斥景观的山，
埋葬道路的山，
我始终在走近却从未抵达的山，
——甚至我从不曾留意过。

放送落日和朝阳的山，
你用手把童年推开，
你把自己安放在脚和眼睛之间，
——可以看见却不能被亵渎的山。

你挺立在故乡的界石旁，
你催生的行吟诗人将终生围绕你流浪。
哪怕他们在雪的重压下四处奔逃。
静默的山，高八度颤音中那只下沉的锚。

一只秋蛉带出的声乐美学

温雄珍

我能想象的

厂房外的田野

它们曾在深秋掀过金黄的稻浪

至少现在还有一只秋蛉

蹲在厂房的窗口下

用蓄满空旷的歌声

在嘈杂的机械里完成原始的声乐美学

作为这个乐章的低沉部分

改变一个贫穷的家

没有那么难了

夜间值班人

袁通根

坐在窗口下
看一辆辆车驶出园区
一辆辆车驶入园区
驶出和驶入
一车一杆
都在生活中扮演不同的脸谱
寂寞与激情，悲与喜
总是在夜晚交替上演

园区外是车来车往的莞长路
这路段两处红绿灯路口
每隔两分钟的停顿
就有"哐当哐当⋯⋯"的声音传来
那是一辆辆大货车在撕裂寂静的夜空
安静与喧嚣
若这短暂的人生
也在走走停停，闹闹歇歇

和同事换着去巡夜

习惯了这黑夜

光束破开浓浓的黑色

耳边除了虫鸣声外

便是深浅度不一的黑暗

园区的每条路，每个消防点

已深入巡夜人的记忆里

只是以往晚上响个不停的机器

又寂静了一段时间

只剩下旁边的路灯

在接应巡夜人

天亮了

大门口又是进进出出

开始新的征程和方向

夜间值班人

随黑夜隐入远方的地平线

在广州

李云建

一

那夜我们脱掉皮鞋
光着脚丫在海珠河岸跳舞
足足跳了两三个小时

我们脱掉上衣
坐在树下
我们是啤酒两瓶，花生一包
啤酒和花生干掉了你我

我们从迷狂中醒来
天已亮了
一轮含羞的太阳冉冉升起

碧波荡漾的河水

我们开始梳理头绪
家在哪里？公交车站在左

我们喊叫着冲进人群

跳舞有什么好
那年还没有这么多的广场舞

跳舞如同和尚专心专意地诵经

我们身体开始发福
我们留过中分头发
一小撮八字胡须
像两截蚯蚓

我们分不清南方远方
我们失掉了一条蓝色牛仔裤

今天我们变成了这副模样
坐在茶几旁
一杯红茶
如血

二

我已花费半生时光泡茶
致敬昨天，我们多么努力寻找食物
今天，我拿起二胡
拉出一段唢呐声音，笛子

我的爱好，你晓得
我的天赋相当于一场雨
有人戴着安全帽，骑着电动车
细雨是如何淋湿了裤角这个问题
仿佛笛子吹出的 F 调

请在地图上指出
我们现在何方

感谢这么多年
我们仍然是朋友
我们把无能的、失望的，统统丢进垃圾桶

其实，唢呐也蛮好听

只有走在我们曾经走过的地方
我才不害怕

辑一

2022-01-19，广州（二首）

刘世军

2022-01-19，广州

乘着酒力
我横跨 105 国道
广州的灯火
照亮了整个郊区
来与去

我，立于天桥之上
出入，仿佛都是奔我而来
滚滚的车流，滚滚的财富
滚滚的幸福生活
天桥之上
我比三角梅更鲜艳夺目

这深冬的世界
广州，我的中国
一路的辉煌

广佛同城

一条高速路是一根扁担的话
广佛，就是两个箩筐

今天，我花了十几分钟
从广州的新市，到了佛山的大沥
下午，我又从大沥到新市
因为堵车，花了半个多小时

仿佛从一个箩筐，到了另一个箩筐
出去的时候，是朝阳
回来时，已经变成了夕阳

滘口地铁站（二首）

安石榴

滘口地铁站

如眼前所见，地铁站是悬空的
到城里去，进入隧道间的旅行
每次，我小心确认着
某个不可辨别的地点
把握不住被带到了何方

河涌的出口，称作滘口
滘口地铁站如同一座断桥
另一端向着城区下沉
我还有那么多不明的行程
作别天空和地面
没入地底陌生的人群

列车冲破漆黑，无非作最后的
停靠。当起点成为终点
我未能返回原来的时间
人流从地铁站涌出

每一个去向都通往消失

广州图书馆

"书籍是人类进步的阶梯"
广州图书馆以古老的
"之"字，构成上升的形状
如此巨大而简洁的方块
呈现出建筑、砖石或书架
书本、页码，层层叠叠的
空间与隐秘。置身于此
沉湎于迂回、反复而非
抵达，这浅显的游戏
使图书馆暴露出迷宫的
面目，让阅读始终不可完成

蚂蚁（二首）

唐不遇

蚂蚁

诗人必须对着过去的天空说话，
必须写下几颗看不见的流星。
而在他的脚下，流沙正在聚集，
就像不知从何处而来的一群蚂蚁。

未选择的路：和弗罗斯特

两条路我都没有选
它们像一把剪刀
锋利的两刃正在合拢
剪着我的去路，或归途

诗歌献给谁人（四首）

冯娜

出生地

人们总向我提起我的出生地
一个高寒的、山茶花和松林一样多的藏区
它教给我的藏语，我已经忘记
它教给我的高音，至今我还没有唱出
那音色，像坚实的松果一直埋在某处
夏天有麂子
冬天有火塘
当地人狩猎、采蜜、种植耐寒的苦荞
火葬，是我最熟悉的丧礼
我们不过问死神家里的事
也不过问星子落进深坞的事

他们教会我一些技艺
是为了让我终生不去使用它们
我离开他们
是为了不让他们先离开我
他们还说，人应像火焰一样去爱

是为了灰烬不必复燃

诗歌献给谁人

凌晨起身为路人扫去积雪的人
病榻前别过身去的母亲
登山者，在蝴蝶的振翅中获得非凡的智慧
倚靠着一棵栾树，流浪汉突然记起家乡的琴声
冬天伐木，需要另一人拉紧绳索
精妙绝伦的手艺
将一些树木制成船只，另一些要盛满饭食、井水、骨灰
多余的金币买通一个冷酷的杀手
他却突然有了恋爱般的迟疑……

一个读诗的人，误会着写作者的心意
他们在各自的黑暗中，摸索着世界的开关

芒果树

我是在南方　结满青色小芒果的大路旁
它们被这日光富足的地域诱惑
袒露着发育不完整的乳房

一颗未成熟的芒果　藏掖着不强硬的内心
这是终年被曝晒着的南方

许多的姐妹熟睡着　把皮肉都酿成多汁的暗黄

给我一个青色的小芒果吧
我对南方喊一声故土和漂泊
那条大路突然广阔起来
连绵几十里　尽是芒果树

博物馆之旅

没有声音的朝代，超过了后代的理解力
一代人的器皿，保存着他们的雨水和心智
我相信重复，也是创造历史的一种方式
——或者，是众多的重复延续了历史

献身于某颗星辰和它不可知的轨迹是愚蠢的
相信星象坦荡则更加愚蠢
一行经文获得无数版本的赞颂
如今，隔着冰冷的钟罩
我们活捉了一个伟大国家的祷告

那些在旷野里逃窜的、在海峡溺毙的
罕见的、庞大的白垩纪物种
想象它们和我们一样目光发烫，辨认着未知的来客
来自地心深处的背叛
繁衍出岛屿、密林、始祖鸟多余的翅膀
此刻灯光盘旋，为它们注入新鲜的死亡

辑
一

时间的暗道和窄门，被推开、掩埋
一尊远渡重洋的雕像
眉宇与我们相仿
而我们
我们正在为尘埃和海水的重量　争论不休

芒种

陆燕姜

穿越第九个牌坊
芒种就到了
最初的企盼和最后的祈愿
中间隔着南方的绵绵梅雨
龙舟水在船掌心醒来
艾草在蝉声中醒来
蜜蜂和萤火虫在毕业季的热浪中
谁更忠实一些
灯绳和瓜藤
谁柔韧性更好一些
能弯成一枚回形针
别在南方夏天的前胸
所幸
问题的答案就在问题之中
一米视界之内。一定
住着神仙
我相信
我有足够的运气
在雨幕中碰见跌倒在牌坊街义井旁
那个醉醺醺的太阳

五月，广州（二首）

安然

五月，广州

慢慢，温暾
含蓄中带着优雅的醉意
五月在野，晚霞孕育光明
五月的天空炸裂
铁树开花

诗人坐在水莲的芬芳中尖叫
小说家向空中抛掷虚弱的果子

五月的黄昏按住流水的湍急
澄净、内敛、精巧……
深度节制
我的苍鹭美若黎明，请打碎我撕裂我
幽暗中，我唯一涌动的激情
在寂静的火苗前熊熊燃烧

在广州的第十年

习惯了粤语、回南天、早高峰的地铁
开始吃早茶，一个人去越秀公园
我逐渐接受了定居和衰老的过程

在广州的第十年，是闭环的龙卷风
无条件地向上冲击
是内心有了水流，四季变得掷地有声
如果有人喊我
我必将以珠江的潮汐回应
如果花枝探入阳台
我必能让它保持长久的美丽
如果……是的，我熟悉了这里的一切
但，终究有什么未能完成
这可能是一首诗
一颗坠果
抑或某次戛然而止

岭南帖（二首）

沈鱼

随意帖

野花不知名，随意着色
也不问：花是什么花，枝头什么果
枯枝败叶重叠，也不败兴
我本无心，也不惊喜于田垄间
白鹭掠起
又飞入残荷
池塘水浊，也能养活田亩
干净的是人心和魂魄
阳光暖暖地照着
晨雾已经消散，阴影晃动
风吹也是寂静的
一首诗可能夭折
折断处又吐出新芽

岭南帖

暮晚，在湖边坐一会儿
岭南的秋天并无萧瑟与落寞
对面山林，树木青翠鸟鸣清脆
有时天空传来飞机的轰鸣
但无碍于
此刻的安静
湖面偶尔鱼儿跃出，涟漪
也不壮阔
仅靠波纹，你无法判断风朝哪个方向吹
湖边荷叶，有荣有枯
莲花还在接着开，粉红和粉红
它们的艳逸，在时间之中，在知觉之外
芦苇一动不动，不是被动或颓废
也很难区分
这一株
和那一株
的姿态、颜色和表情
落日，突然
从云层现身
透过花椒树的阴影
我看见它并没有消逝的主观意图
而我，还继续消磨在湖水的肃穆
和鸟鸣的
欢愉中

帽峰遇蝉（三首）

阮雪芳

帽峰遇蝉

蝉是草木清凉的部分
当它鸣叫
叫声开始显露山水

远方吹来积雨云
伸手探测山岭的高低
蝉的噤音
将灼烫的一句吞下去
吐出修行的胆汁

那击打在蝉翼上的
必将击打在老树、古钟、屋檐
细风在林间走了一遍
又是一遍

水井内天空平缓如老佛
一枝探入院墙的梨花
动了一下

天字码头

一尊流水构成的肉身
终其一生破解自己

画舫中空，一夜春涨
昔日闪电追去
江水清洗被雷击毙的老树

时间的善，收纳无数次折柳
风雨来时，人们以手遮头各自奔散

在前途和来路相碰撞的地方
我们何曾不是自己的弃儿

谁将取走浑浊或清澈的一滴
回归肉身
未必就是心灵挣脱
我们寻找的
恰是身与心之间的老朽裂隙
那些未经安放的兰花和眼泪

光孝寺

三千菩提叶
曾是细雨和尘埃

石槛安静
鸟声里有一座古寺
褪下的僧衣

明月仿如
跋涉而来的香客
带着自身裂口

——光是黑暗溢出的部分

试探人间冷暖
古老的舌头
问过穷途末路
疼痛速朽的往事
问过佛

在蓝绸里进入从都梦境

曾欣兰

多少灯光为窗户亮着
山丘如吹起的蓝绸
从都人带来新年礼物
轻盈如恋曲。那片山谷
已进入夕阳腹部
地平线像一片暗淡刀刃
割去金黄叶尖
为年岁长着的暮草
得到众人的认领

在东方的安纳伯格庄园
仿古建筑与蓝色瓦顶
赋予大地美学的原声
博物馆里，我们寻找纹路
窗格倾斜，分割各自的影像
广彩蓝釉与久远的铜器
多么像都市的奢侈品
如若探知，必先触及斑驳

星辰掰开合拢的手掌
落在凤凰山腰。梅枝上
胜雪的并不是贵妃的肌肤
它是远古的虚拟之皎
一些真实，一些幻如光影
而我们——此方山色的囚徒
听令于花瓣上的涛声

荔湾湖

汪治华

0到1的开挖，百万道的涟漪
波纹，扩展到路边的红荔上
水到汁的丰沛，渐进地合而为一
风吹过，风把天上的人语，说给地上听

灯影和人丛，互相呼吸着花与暗语
寂静，是一种通体如水的感觉
皱纹中的汗水，千万条荔色波浪在奔涌
内心的河流，轰然入海

红荔饱满，熔岩喷发之前的能量
一朵白云，纳万物的飞翔为一体
蓝色的天空，会越来越近地，贴近于你

鱼鸟等待着行人的安宁与平静
湖水未言可语，未来似可独见
你将醒而待发，背起你的整个江湖

访古观星台（二首）

谭夏阳

访古观星台

夜观天象，他预测到一场灾祸

从朝斗台的层叠阶梯

缓缓往上攀登

他看见一片升起的风景——

山冈、流水和绿树

仿佛是这个十米高台的拥趸与陪衬

这是最接近星辰的位置

他由此窥探到宇宙的秘密

道是一，是万物

亦是人心的另一重宇宙

需要在修行中

找到一个全新的制高点

如果可以，他自身就是一座迷人的

遗址，爬满苔藓和瞻仰的目光

尽管多年以后

我登临这个坚实的楼台

周围的景色早已面目全非，但此刻

我的感怀，并未挣脱他的
思考和窠臼——
我依旧无法参透宇宙和生死
而人性和内心
何尝不是一门悲悯的科学
可见他并未走远——
他的墓在塔台之下
墓旁梅花点点，灿若星辰

花园

并非每一天，我都要漫步
园林，但我需要
凤凰树守候我不期的造访——
我需要一个花园来为我
制造四季的阴影
我更加需要，城市腾出一片空地来
让树木在那儿相拥着舞蹈
就算我偶然缺席
那些散落的鸟鸣，那些
捉迷藏的清风，还有那些薄薄的阳光
他们仍像准时报到的老太们
每天聚在一块儿闹腾
他们一定为我的缺席而感到
无比的欢乐……

黄埔东路（三首）

画眉

黄埔东路

在一条路上走久了
习惯沉默

风起的时候，蜜蜂停在芒果花上
有人从树下经过

芒果花也会结果，只是酸，微苦
让人记起一些往事

没有人问起蜜蜂的来路去处
异乡人丢掉好奇心
忘记背后也曾有过薄薄的翅膀

在大吉沙岛

上岸之后，顺着有阳光的方向走

那些映着水面发光的事物让人放下戒备

没有围墙的风任性又狂野
我看见芦苇的腰身还没弯下便挺直了

扑面而来的飞虫和野草一样原始
横冲直撞，有着锯齿一样的叶子
在裸露的手臂咬出齿痕

月亮升起的时候，摆渡人纷纷来到码头
人们并不是此处的主角
而那些见惯大风大浪的
黄猫黑狗，对任何人到来
既不躲避更不示好

莲塘春色

每一朵莲都是一扇半开的窗
能找到通往莲塘村的路
开着和半开着花的莲，这些故事
已被世人传唱
而最洁白的一段正在泥里拔节

一次次的蜕变
是为更好的遇见，清风拂过
湖水、花海、菜园

辑
一

栈道、餐吧、民宿
陌间穗子饱满，瓜果欲坠
双手忍不住一捧
顿时天空更蓝更宽了

昨日的底片是今日美好的见证
阳光透过树叶缝隙，照在脸上
我们不再羞于谈征服和收获
风过旷野，仿佛
一支短笛正压上谁的双唇

海寿，一叶知秋（二首）

张况

海寿，一叶知秋

渡船而来的一条歇后语
伸手拔起两岸林立的高楼
我看见秋天的禅房，跃起一条木鱼
瞬间将鸟儿的天空倾覆、倒扣

西江是仙女匆匆甩出去的水袖
收不回一江涨涨落落的爱恨情仇
川流不息的四季，卸下时间的辎重
只保留海寿这一叶瘦瘦的秋

海寿无疆，梵音悠悠
天空中打坐的白云
不慎在江心走丢
佛说：菩提的今生是海寿
海寿的前世是扁舟

辑一

茂名浪漫海岸遐思

取走海里的盐，海水就变得轻松了
轻松的浪花拍打着我的脚踝
就像儿时入睡之前，耳畔轻轻响起
祖母慈眉善目的童谣

取走大海的喧响
我的心就变得宁静了
宁静的心海里装着情感宣言
我想在晨曦醒来之前，逐字逐句
悄悄默念给远方的她听
那里面有我和她秘而不宣的爱恋

给海岸添加一些浪漫的词
诗句就会长出海鸥的翅膀，扑腾着
飞向无边的蔚蓝，风一样拽着我
去际会海天一色的悲壮

给流浪的云朵腾出一片天空
诗歌就成了海天之间最神圣的留白
神圣的留白，就像恋人之间
四目相对时的那种柔曼表白
在浪漫海岸想念一个人
掬一捧海水，我都能看见里面的甜

邀请（三首）

游子衿

海螺

这些年来我收集了不少海螺
大的，小的，各种形状的
有的知道名字，有的不知道
有的送人了，剩下的
随意摆在书房。我不认为
它们和大海还有某种联系
只是简单地喜欢它们，和它们一起
倾听窗外的雨声。雨停了
青草继续生长，乌云渐渐散去
这些过程艰难，但势不可当
街边的果贩卖出了
第一个橘子，这些
它们都知道，而我
迟早也能察觉，但它们还是
趁我熟睡时，告诉了我
委托一只千手螺的沉默
与我的沉默，交织在一起

荆棘鸟

那只鸟曾是果园里的一个橘子
我看着它长大，变成鸟，飞走
当它黄色的身影离去
物种的转换得以完成

但它无法变成别的事物
来到我的灯下，在这个下午
和我一起分析气候变化
带来的人心骚动，它也不能变成
一个梦，或一段真实的经历

飞吧，小鸟，在天空中
播撒你的喜悦。你将被遗忘
即使你回到枝头，你也只是
一束阳光，而树是波浪
长在鲸鱼的背上

我也从一个，变成了无数个，因为远远地眺望
我脚下的土壤被抽走，只剩下冥想

邀请

南方有种类繁多的植物，长在一起
抬起头，它们在远处的山上

低下头，它们就在脚下，站得久了
会和它们长在一起，枝条
从手上长出来，又飞快地长出叶子
挂满全身，土壤的力量从脚掌上传过来
……南方也有种类繁多的动物，人
不过是其中一种。我们都曾经
收到植物的邀请：去成为它们
去长出叶子，去飘落，随风而逝

护城河（三首）

余史炎

护城河

在成年的城墙下
我的心生长着云
风一来所有的白就散尽了
在夜里疲倦的岸上
看灯光浮在水的身体里
我才把所有的爱
放在手指尖上
仿佛拿捏着具体了的光
让黄昏也会消失
白昼过得匆忙

繁霜鬓

我以为从今之后可以朴实无华
像草木一样真诚地青真诚地黄
之所以相遇是因为不相忘

我不愿意有今生未尽之来生
我不愿意绛珠草面对神瑛石
毫无意义的日子，将就些许意义
我不忍心看着落英缤纷
你在雪中挑拣半片的花瓣

绝妙相关

我浑然不知何事何物
引我至此
远离我未曾到达之处
而今永无回头之时
消失了，面孔经过的地方
我曾以为可延长停顿
享有更长的欢乐
有些面孔
在我这里留下影像
而我可能在他那里种下了
某种信息的种子
使他们的未来有别样的果实
难以猜测
一个人对另一个人的关联
我们经过
短暂地照亮彼此

辑
一

三元里的黄昏

紫紫

他是店铺里的皮雕师
低头，握着刻刀
在一块牛皮上摸索着……
他动作娴熟、利落
眼神专注有力
重温一种久远记忆似的
每用劲一下
就吹一下
好像他口里有无数的仙气
轻轻一吹，猴孙猴王跃在牛皮上
施展七十二变
凹凸的玫瑰花、树叶子、铜钱……
在昏黄的落日里
透出鲜活气息

他把雕刻好的放在一边
又低下头，直到夜幕弥漫了
这个冬日孤灯

在惠州

李麦花

外地朋友来
陪他去西湖

周末
陪家人
去红花湖

自己一个人
我就去西枝江的水门桥上走一走
把桥东的风带到桥西
再把桥西的风带到桥东

如果一位诗人突然到来
最好了，出门左拐
陪着走一段东江

我是谁（二首）

李思琪

目光

每个人都有自己想去的地方

也都有不想被别人知道的秘密

却总妄想着有人能懂自己

这真是既矛盾又可笑

更可笑的是

有人喜欢抱着这样的想法

用自以为洞悉一切的目光

注视别人

以为这样就把别人看透、看懂了

其实，在这个世界上

有谁能真正看透看懂谁呢

哪怕

亲若夫妻、父子、母女、闺密、老铁……

又如何

哪怕距离再近

就算是面对面牵手聊天

谁又能知道对方心里的想法呢

所以，那些洞悉一切的目光
都是自以为是在作怪
而自以为是
是世界上最可笑的想法

我是谁

我是谁？我不知道
我的名字只是一个符号
一个没有经过我同意的符号
一个由横竖撇捺组成的符号
不能说喜欢或者不喜欢
当别人这样叫我的时候，我就必须答应
否则就是不礼貌，与高冷无关
没有人想知道，我想成为谁
也没有人会知道，我会成为怎样的人
这本来就是与任何人都无关的事
英语课上的中国人，语文课上的外国人
历史课上的现代人，数学课上的外星人
这是否会是最理想的学习状态
我不停地问自己，也不停地问别人
没有人可以给我一个准确的答案
他们还在问我，他们只会问我
"你是谁？"其实，我也不知道

城市日常的十一种风格（节选）

赵目珍

梦境

梦境是一种理想。它在我们柴米油盐
的日常里熠熠发光。那么多伟岸的意义
——冠冕堂皇的意义，现实中的无奈
与凄凉都被消解；所有的疲倦都被
"灵之舞"缴获，然后在烟雾里飞翔
我们的梦境，有一颗溜须拍马之心
在某些特殊的时刻，它悄然垂临
如多年不遇的自己突然发现了自己
——这是一种回过头来的自我辨认
它如此谄媚我们，让我们感激不尽
当然，也应当理解，这种追认并非
所有的真相。一个人在封闭中浸染太久
已经失去怀想。梦境中的"辨认"
只是找回了失去的那一部分意义之
所在，或者仅仅就是暗示的一种假象
那个人穿墙而去的一部分，就此
成为一张黑色的纸。那个人还没有到来

的一部分，正悬在未来孤寂的原野上

慰藉

慰藉是内在的东西被焚烧以后
外在的世界一时补充到清凉的气息
其实仍是一样的疼。只有真正的
疲惫撤销以后，才有可能不再
伪装自己。正因为喑哑过于宽阔
常常无法解围，于是这慰安乃成为
一种特效药，一种建造，一种
特殊意义上的讥讽。它告诉我们
生存并不单薄，也不玄秘。生存
需要明亮的对话，需要拆解偏执
需要将火种引入已经溃败的力量
需要拆解在场的加冕与突然而来的
悲戚。唯有如此，跟随的慰藉
才不是虚有其事。因为生活的场景
到处充满相似，即使是逃遁也只能
作为厌倦的一种暗示，而不能作为
庇护的尝试。慰藉就是在内心的
废墟上再次重温瓦砾最初的意义
就是在无法改变生活的意义的去向
之时，重建两个世界互文性的孤寂

空白

用时间的眼光，向外部的世界说话
那逝去的一切，无论如何追忆
都将成为酣眠的空白。我们都曾经
在这空白里掩藏，幻想一种未来
然而空白即梦境，我们很快就被
流放到这空白旷野的边缘。面对着
万物，有时候甚至来不及揖别
它们有属于自己的江河。当光阴
涌来，它们与我们一起，进入
同一个空白世界。悲伤就是这样
重重叠叠。不过，幸好还有白天的
醒觉，夜晚的剥落，尽管于空白无补
终究也还是有一些聊胜于无的慰藉
其实我们可以透过挽歌来想象一下
这种无形的收割。空白难道真的是
居高临下的吗？或许它就是一场最高
虚构的雪。每天都在下，每天都在
遮蔽着这个世界。时而迷乱，时而
清澈。始终跟随着我们如一的生活

顺德年（三首）

朱佳发

大良河

那么安静地流淌
犹如灌满风雨的千年叙事
自西北向东南
自汉而明，而清
波澜不惊

伏波将军的浮桥
让曾经的刀光剑影
横卧成九眼，洞穿
浮云的风花雪月
往事的春花秋月

那么多的酸甜苦辣
还在第一码头上上下下
犹如古榕和木棉的无言默契
三角梅和蓝花楹的甚欢相谈
人货往来的繁华烟云

在不老的水面，经久不息

而你，分明是水乡
最为优雅的一瞥
青云文社的琅琅书声
金榜题名的祖传荣耀
是你最为柔韧的扁担
一头挑起桂畔海的绵长
一头挑起德胜河的壮阔

经年的岁月，经年地写意着
金榜题名巷和华盖里巷
横平竖直而又曲折妖娆地
贴身护卫着，你那镬耳屋顶般
绵延起伏的线条
蜿蜒相伴的两岸，让水乡的日子
像时时哼着的咸水歌，有滋有味

清晖园和凤城食都
一左一右，一古一今
古典而时尚地诉说着
耕读传家的味蕾
人间烟火的儒雅

鉴江竞渡的鼓点与呐喊
和着千年不变的流韵
让豪放与婉约一字排开

让母亲河的灵感，以及
故乡水的灵气齐头并进

顺德年

从泼墨挥春开始，还是从点亮一盏
鱼灯开始，都可以。让灯酒清醒地
洒满大过年的冬至，和大过冬至的八音
那人龙舞出的，飘色巡游的，都是红火

年廿八，让空了一年的天空
和那几件积尘的心事洗个邋遢
想想，一滴红米酒要积蓄多少醉意
才能完成与小桥流水的团圆

桑基鱼塘的圆润往事，和着
煞有介事的龙舟说唱，那一夜
有人把一段瘦弱的古紧攥掌心
让一路飘摇的谜语，蠢蠢欲动

把每一天过成年，把每一年过成日常
让花街代替鱼鳞，缀成千年的游弋
当千人围坐，百桌举杯
锣鼓会敲响所有富足的玄机

让煎堆告诉生菜，让祠堂端坐炊烟

让一年的欢腾走村串户
让全村的祝福灯火通明，那一夜
所有的美好都在为我们守岁

顺峰双塔对清晖园的护卫
延续着顺天明德的傲然心思
青云湖喂养的，依然是你我来来回回的
秘密，一年一度，月上梢头

从城市到乡村，从去冬到今春
从民俗信仰到家长里短
举起粤曲的柔软，我们把每一个日子
一饮而尽成双皮奶的香甜和嫩滑

你回你的娘家，我过我的家家
将五湖四海装订成册，随手一翻
天南地北的豪气和烟云伸手在握
——那是最大的一条海，浩瀚岭南

将 365 种味道汇成一围台，煮沸乡音
白天黑夜不分彼此，你我不分彼此
你是所有人的乡亲，我是所有人的父老
堂前屋后蹦蹦跳跳的，是年最妖娆的福气

轻舟碧江

待到告老还乡，我恐怕
无法像那些进士举人一样
自建祠堂宅第光宗耀祖
那么，择一处草地
和往事一起盘腿而坐
把跟自己有关或无关的
爱恨情仇功名利禄一一抖落

倘若驾一叶轻舟即可巡村
我会在每一个河涌拐弯处
停一会儿，让目光与榕须
保持足够的纠缠

我不会计算德云桥到金楼
需要多少时间
就像我从不计算漂泊的盘缠
但在德云居品茗时，我会在意
上次那场无伤大雅的雨
什么时候能再下回来

所有的建筑都是我的书宅
所有的身影都是我的灵光

那至今未抛出的绣球
还握在那只空空如也的手上

辑
一

让自己走成一座园林
让秘密从小巷鱼贯而出
多余的心事就会填满
时光的空落

碧岗或碧江
山或水，你或我
一阵风过，酩酊大醉的
永远是尘封的怯懦。清醒之后
房前屋后，轻舟已过

世上的事（四首）

李之平

病重的母亲

每次跟她说完话
我都是站在她背后
我知道眼泪又要流出来
不能让她看见
我问的每个问题都是
宽心她摧折我
让她回忆是我在悲伤
让她描述现在是我陷入绝境
生死没有答案
只有经历
在昏沉和垂亡中
梦想是遥远时代的词语
她只知道：活和死都一样
没有特别想法
人家几时叫我走
我不能不走
这话是我替她答的

她也再不会说，多想像
以前一样快步如飞
封存的心血无法提供足够氧气
让她充满光明的期待
哪怕第二日、第三日的活着
都是无谓的证词

世上的事

从未面对面相处
深知他们长着
同样的眼神和瞳孔
能看穿落差世界的本意

细雨纷飞的早晨
他在湖边跑步
抵抗岁月，努力向上
营造的意志可以超越现世

她也爱在家跟前的湖边散步
从木棉花开到紫荆花，然后
铃兰花也败了。夏天围着
红艳艳的扶桑花树
头上海鸟不时打岔

同步对方独自的奔跑

世界喧嚣也深度孤独
这些习以为常

在平行线中走下去
不用多说一句话
时间记录所有纷扰
春去又秋来

夜幕

人们渐渐睡去
亲人的呼吸已平静
母亲躺在边陲的大床
骨折伤痛渐好

车辆声来回沙沙
那声音几乎是
夜幕中全部声响

对面的消夜市场
灯火比着劲照亮
听不到吵闹声
生意越来越冷清

灰色块状越来越大
沉默是最后的姿态

消亡不能代替它的回声

只有睡不着的人
思考这些问题

山河

花开时我们跑遍四野
只为春天来了，山野明艳敞开

当年的快乐只需一点微光
次第欢腾的山野收容不羁的小野马
桃花杏花遮蔽了身影
也遮蔽了母亲为我们担心的焦灼

是啊，山河始终壮丽，重叠
时间倒影，岁月辜负了我们的好时光
我们只能搜寻越来越匮乏的赞叹
远和近的阴影中，故事累加

你听到风声从远处传来
不确定它们的呜咽来自
星际传递太空万年密令时的叹息
还是山河大地分布的皱褶

所有事物都压不住芒的盛长

熊流明

太阳称王，

我在河床捡石头

两岸猛翠

莽莽成林

它属草本，偏与

木本比直高

风过屹立，浸入连夜雨

且不娇

是否，我们都须奋力一回

奋力从春天的卧室大步跑出

把肩部每寸肌肉燃动

放走整个夏天一直在心底低飞的蜻蜓

重新润上土

种一株

所有事物都压不住其盛长的——

芒

定居（二首）

赵俊

定居

鸟带来不确定的阴影，
他们需要被静止的美遮盖。
深圳是一座陀螺城市，
豢养永不疲倦的简单转体。

当龟缓慢爬行，在小区的池中
享受一个冷血动物的日光浴。
灵兽叙述的断句也在拼贴，
成为漂流者难以舍弃的半岛。

可仍有车灯在照耀晚景，
提醒你迁徙和奔劳的时刻，
它将连接城市的肌体和血管。

从忙碌中挤压出冰冷的恬淡，
进而融化成龟古老的胃液，
在慢慢消化你额头上的祖籍。

朗读者

在这个秋天，
麦当劳已幻化成金拱门，
声音的线粒体悬浮于屏幕，
仍有人穿越傲慢的矩阵，
抵达声音的圆形剧场。

他放下咖啡、油条和谨慎，
在众人面前轻声朗读。
也许是为了默念话术，
在早会上，收获掌声
就是收获绩效单上的数字。

已经没有人相信，
对应西装的胸腔会
共鸣出一句诗。
深圳的每一个角落都有追兵，
匕首刺向诗唯一的产房。

除非，我走近他的身旁。
偷瞄到他的分行文字。
在这座城市他不知
我还有诗这样倔强的坚持，
我也不打算说出。

这样，他才能将这种独特

辑
一

封印在日常生活中。
在扁平的大都会中，
这会让贫穷和不被理解
变成即将消失的尾音。

客家人

吴朝

虽然不是客家人
但是我们客居光明
儿子却一直不认同
他说
他生于光明长于光明
就是光明人
光明就是他的故乡
我问了一句为什么
他说
哪里有爱
哪里就是家

如果这辈子我没来过广州

陈玲

如果这辈子我没来过广州
我一定不会看到婀娜绮丽的广州塔
珠江夜景、沙面风情、番禺水色
不会走过上下九的石板路和早茶铺
不会尝到姜撞奶、艇仔粥
不会对人间的眷恋多此一分

如果这辈子我没来过广州
我不会知道有钱人的生活如此简单
穷人也一样拥有幸福
不会相信恋爱只需一份萝卜牛杂
分手也让人永远难忘

如果这辈子我没来过广州
我不能想象城市变迁如同奇妙的沙画
除了梦想，没有什么不能改变
我不会相信太阳可以驱散阴霾
汗水泪水都让人淋漓畅快

没有哪片土地如此敞开
从不惧怕嘲笑和失败
当醒狮的鼓声响起
内心的血液已止不住沸腾

世上的人多么真诚
当你走过他们，爱
就像远方归来的潮汐
让你自由而宁静地呼吸

如果这辈子我没来过广州
我将如何自由而宁静地呼吸

地铁里邂逅一段往事（二首）

李楠

地铁里邂逅一段往事

云丛下一股股欲念反复挣扎
流浪到一座城，苏醒与酣梦间交织着
苦海与方舟，所有的青春悄然消亡
如一场日落，跌进山麓的熔炉

我们相逢在彼此途中，目所能及处都哽咽着
逼仄的迁徙，繁衍的情分，疲乏的心跳
在苍白的脸目间遮掩闪烁，人潮涌至
像一窝啾啾不止的虫鼠，喧嚣，却无人品读

这些斑斓的皮囊流窜，成为阻碍视线的丛林灌木
那是一匹匹野马在此聚首，言谈不需要温度
我们的视线交触迅速错开，相见遗忘
而下一站是没有姓名的城邦

寒潮夜失眠

风到窗台时才发觉四野的星火寥落无痕
屋前的木棉树火焰初绽，而寒潮
已跋涉千里，降临南方的旷野

天空荡漾着宝石般的光泽，走兽隐匿在暗处
不时嘶吼，与梦魇抗衡，它们
嗅到寒潮与花期相遇，初春并不平静

真正汹涌的暗流，是潜伏在天际的一抹雪色
昼夜代谢久了，血液中的庸糜渐渐积淀并开始
接受有时虚张声势的严寒与浅短如花的笑靥

轮回的承诺只忠于践行，烟还未灭
云雾飘过稀疏的窗根，夜色辛辣
而在窗外大口喘息着的，已是我的昨日

这里几乎没有冬天

水文

我爱书本里的冬天

因为它的暖不需要煤炭

爸爸说春天很快就到

妈妈把我包裹得像个臃肿的蚕茧

我们挨过一个又一个冬天

冷让白雪透彻

也让贫穷像丢失了树叶的枝干

冷不是一种感觉而是一种缺陷

清晨的雪地无数次收买我的灵魂

却难以让我瑟缩的手

在日记里写下一句"我爱冬天"

爸爸说以后会变好的

毕业后

我义无反顾地逃离了北方的冬天

我在的城市

冬天也会被各种花期蔓延

妈妈说家里的老楼终于通暖气了

让我也注意保暖

我告诉妈妈

未来会好的

这里几乎没有冬天

蚁穴独白

赵祎楠

流水线，在我身上辛劳

每一条手臂都是起重机

搬运奢侈，但不是为自己

薪水是，沉重坚硬的口粮

牙齿无法与我一同享有寿命

它们比我的心脏更早凋零

放假，在剧场出演一颗卫星

闭上眼，像在蛋壳里航行

观众，巨大的蚁穴被沉默抽成中空

有人说，你不幸我才能得幸

大雨，没有撑伞

每滴泪水都笔直地插入我的头腔

子弹像落叶一样飘下

每一颗都足够缓慢、优雅

一边行走，一边失去

一切的失物，都会成为证据

这是我遥远的预言
来自一匹早逝的烈马
一切都将收进一万年后的博物馆里
除了我们自己

既然万物的结果
都是土、灰与火
那么
或许
某个平行时空的角落
会有人与我对望，示意，相约
走出蚁穴

辑
一

年轻的梦想（三首）

陆学花

寻梦

十几个小时的班车颠簸

终于到了梦想开花之地

高楼林立，街道上车水马龙

我被熙来攘往的气息

拥入人潮

五羊广州敞开心扉

容纳深夜的造访

霓虹灯光恍惚欢迎

耳边不再是虫声唧唧

眼前，一幢幢高楼大厦

穿上宝石镶嵌的外套

我却幻想成为那颗闪耀的纽扣

紧紧依附着

追梦

次日的风景细嚼慢咽
在行走中品味
余香芬芳馥郁
梦想的翅膀在身临其境中体验
飞翔
神秘的车间播下梦想的种子
从此孵润出希望之芽
绿绿的爬满了心房
生根于充满活力的信念
在夜以继日里延伸

梦想的绿洲上
我乘风破浪，抵抗世俗
吸吮雨露阳光
点亮人生旅途灿烂的明灯
追随梦想航灯指方向
迎着曙光
照亮南漂之路的年轻梦想

筑梦

时光，静静地在手指缝间流淌
一转眼就是三年
从质检员到车间主管

那份坚持仿佛天上的群星
在努力与付出的天际里
闪着明亮的光芒

那瞬间
我目睹着
公寓楼下那棵树苗
长成参天大树
那一刻
我见证了
最先的两三栋厂房
转换成宽大宏伟的工业园区

现在
我祝福它，敬仰它
伴着似水的流年
出彩更多奋斗与拼搏的故事
写在回眸的岁月篇章

我成长了，我努力过
我用了几年的青春
踏足筑梦
那是无悔的年轻梦想

《猎德村志》札记

熊国华

耕道而得道，猎德而得德。

——扬雄《扬子法言·学行卷第一》

1

靖康之难，遭难的首先不是徽、钦二帝
背井离乡的中原民众，经粤北珠玑巷南下
拓荒开村的李敬天，猎德李姓一世祖
我想，或许是大唐皇室的子孙

2

民国十八年（1929 年）1 月 20 日，猎德降微雪
覆盖着珠江三角洲冲积带肥沃的农田和果园
瑞雪丰年，袅袅炊烟；大地洁白，令人怀念
这也许是广州近百年来，最后一场温馨的雪

3

民国二十七年（1938年）10月23日，日军进村。一些妇女
被日军强奸，80岁的老妇和女童未能幸免
这是日本政府拒不承认、也不愿意承认的罪行
或许以为不承认就没有发生过
但是，我们有村志为证

4

蝙蝠：村民称为蝠鼠，多栖息在庙宇、祖祠的梁柱上
现已绝迹……70年代仍有白头翁、红肚皮、白面、相思
等小鸟，现已十分罕见。地球每年有6万多个物种灭绝
每天有160多个物种消失，而且消失的速度越来越快

5

1996年猎德村的祖坟地曹家庄（又称猎德山）
被迁至白云区太和镇华坑村和良田镇
迁徙漂泊的猎德村祖先们可以安居了
"太和"与"良田"都是很好的地名

6

从宋朝南海郡番禺县猎德村，到民国二十六年（1937年）广州
市冼猎杨堡
猎德乡，到1949年广州市冼猎杨区猎德乡，再到2002年

广州市天河区人民政府猎德街道办事处猎德经济发展有限公司
"撤村改制"，猎德地名建制沿革的变迁蕴含了多少历史沧桑

7

《2005 年猎德河涌表》记载了上世纪的 20 条河涌
其中 3 条改为暗渠，15 条已消失……珠江近百年缩窄
200 米，水位升高约 1 米。垦湖、填江、填海、截流
江河是地球的血管动脉啊！难怪不是水灾，就是旱灾

8

1994 年 11 月 30 日，广州为开发珠江新城，猎德村 2499 亩
祖辈开辟耕耘，赖以谋生的土地全部被征用完毕。如今
部分农具陈列在猎德村小学内的"猎德文化博物馆"
卷起裤脚的农民住进高楼，在茶楼酒馆闲话古今……

注：猎德村是广州市有名的"城中村"，位于市区中轴线，与
"小蛮腰"隔江相望。

工业区（二首）

李立

改革开放

你摘掉了帽子
我填饱了肚子
他心中有一个远方

工业区

南飞的群雁
选择在南海之滨落脚
在这里勤奋啄食

各种方言汇成无数的小溪
在车间和宿舍间
潺潺流淌

肥硕的工装
关不住青春的线条

兜里装满家人的叮咛和期盼

各种各样的奇思妙想
在车间里剪裁，加工，组装，打包
发往世界各地

他们也组装工单之外的爱情
托运在春运的列车上
发往故乡

咕咕（三首）

周瑟瑟

咕咕

我听见故乡在我脑袋里发出咕咕的叫声。

水塘在咕咕叫，

枯树在咕咕叫，

菜地在咕咕叫。

不叫的是蹲在地里的青蛙，

它双眼圆睁，好像得了幻想症。

不叫的还有躺在门板上的小孩，

他在玩一种死亡的游戏，

只等我一走近，

他就一跃而起把我扑倒。

氧气

树木直插云霄

氧气有树的形状

氧气有树的沉默
我在树林里徘徊
寻找更多的氧气
想起母亲临终前
戴着氧气面罩的样子
她渴望氧气
她的呼吸微弱
在窒息中
坚持最后的生命
一棵树养活一个人
一个氧气面罩后
有一个挣扎的母亲

豆酱

只有回到故乡
才能吃到小时候吃过的豆酱
我的故乡
封存在一只碧绿的坛子里
剁辣椒和黄豆搅拌均匀
发酵的气息让我口水流
妈妈，我的妈妈
我把她封存在故乡
我给碧绿的坛子水沿
添加清水

我用清水

养着我的妈妈

只有回到故乡

我才能喊醒坛子里的妈妈

寻找骑手（二首）

朱涛

寻找骑手

当一匹黑马求救
艰难地寻找骑手
她面对的是迷惘的内心

当她在瘸腿的医生与文身的盲人中
测试自己被海水冲走的重量
那么她已经接近了真理的尾巴

如果她与天堂擦肩而过
在天平上增加地狱的筹码
并且承诺捐献器官
移植在火药桶安排的废墟中

相信她将遇到三个英俊的骑手
手捧心脏
怀揣天空的戒指
支起望远镜牵着她飞驰

剩下的是听到自己的声音
一次次捅开
使任何捆住手脚的窗口
涌入西红柿般的光芒

拣骨灰
——献给父亲

赤裸埋葬的年代
雪花摸索自己的裤子

你比雪花幸运

一下捧起了最纯净的骨灰
像纯银
几乎没有杂质

我仍要筛选
剔除那些粗粝的坚硬的
像我们小时候拣海螺

我相信了最高的善即是天堂
号角

"现在我们来摧毁它"
轮到末日写下她曼妙的挽联

在机器的轰鸣中写诗（四首）

王智勇

在机器的轰鸣中写诗

我写诗，为了对抗噪音，寻找片刻的宁静
此时轰鸣的机器如节拍器提示着韵律的重要性
我却充耳不闻，自由散漫地涂抹
让一切洁白的事物留下创伤的痕迹

这种孤独恰到好处
朝向人的门紧关着，朝向自然的窗户敞开着
草色蔓延，青山满屏
我的诗句不知走向何方，一旦开始就不受控制
它要寻找自身的可能性与日益扩大的边界

而轰鸣机器的片刻停顿
提示着结束或一个错误
常常让我的诗学会了跳跃
从庸常的肩头掠过

蜘蛛

命若游丝　时空翻转
我们都在编织属于自己的网
往前一步是深蓝
日光加重孤独的黑
从不结群
长出八只手
才能抓紧空气
以及飘忽的生活
驿站的人排队
被钢铁吞吃
滚滚车轮驶向梦的彼岸
我要做一个叹号
孤悬在天地之间

白鹭去哪儿了

自从滩涂被抽干
我看见上百只白鹭
低徊流连
一股锥心的痛从脚踝传遍全身
每次带女儿上学
经过三里长的大桥
偶尔见两只白鹭掠过
两条瘦腿向后伸着

我就惊呼　看　白鹭
那有什么稀奇　没见识
女儿一脸不屑
她不知一行白鹭已飞回唐诗
也许永不再来

相看两不厌

人和山
缄默才是最好的交流
变化缓慢　没有一惊一乍
树叶绿了　红了　黄了
微霜染鬓
目光一样苍茫
快十年了　我们彼此陪伴
互不征服
山默默无言　不悲不喜
我默默无言　入画太深

来了就是深圳人

金克巴

不管你来自何方
相逢一笑最诱人
来了就是深圳人
流水线是蕴藉精彩的琴键
弹喜怒哀乐，也弹悲欢离合
弹阳春白雪，也弹下里巴人

告别故乡，在深圳播下乡愁
时代很大，我们的声音与机器唱和
来了就是深圳人
不分畛域，不问出身
请径直走向心灵的舞台

家在肩上家在手中
家跟我们一起来到深圳
乡愁是拂晚的风
来了就是深圳人
深圳就是自己的家
尔后，不管去哪儿，都捎上深圳的气息

热爱生活的人

就会赞美机器的多情

深圳制造走向南北西东

来了就是深圳人

一起织梦，一起感动

有梦，梦在夜晚化作满天的星斗

有梦，梦在晨曦劈开一条条金光闪闪的道路

有梦，梦温暖着一个个家

有梦，青春的花儿更加鲜艳

三十年，开拓精神与汗水倾情铸就

一个熠熠生辉的名字——深圳

三十年后，深圳站在一个全新的起跑线上

眺望，用世界的眼光

让世界发出更多的惊叹

在深圳面临两种抉择

把深圳当客场

把深圳当主场

无论昨天、今天，还是明天

你都是主角

一样的深圳，不同的演绎

来了就是深圳人

钢铁打开秋天的河流

程向阳

钢铁像条河流，在大地上延伸
最美的律动。如同一穗拔节的稻子
散发着朴实的香味
被土地接纳

我是与钢铁有缘的人，在粤东
钢铁飞驰。蓬勃成时代的符号
用钢铁和激情丈量祖国的大好河山
成为与时间对话的强者
土地里青了、黄了
每一声拔节都和季节呼应

粤东的钢铁，声音还在回旋
有时徜徉在杭深，有时吟诵在京九
从高铁到普铁。铿锵之声
如风调雨顺的词汇里发出
又在站与站之间落下
如此盛大更迫切。就像稻谷钟情于土地
钢铁的翅膀飞入我的河流
有时是彩虹，有时是乡愁

在南方，向北望

王虎

在岭南，看惯青山秀水的眼睛往北
再向西折返
大西北呀，我的故乡
那个称作陇的地方
用甜蜜和宁静相守
蒙古高原、青藏高原、黄土高原的缝合处
固定了我和羊群踱步的童年

强悍的黄土地
带着奶奶满手裂口般的坚韧
那风沙和广袤结合的沧桑
载满我早已在母亲肚子里熟悉的岁月
父亲上坡要拉着我的架子车
超过了所有这生可找得到的幸福
哥姐满带希望的强迫
让我变成了逃离艰苦而割舍不了山村的
城中读书人

忘了吗？老家

习惯吗？新家
身后还有川流不息的人群
北和南，拉长我逐渐扩大的故乡
一头系着父母，一头拴着孩子的路
分不出彼此熟悉的身影
我的双脚呀，究竟能踏出多大的家
在南方，想着北方的雄浑苍茫
在北方，又眷恋着南方温婉的水乡
疆域辽阔的祖国呀
你织出的这幅日月山河图
绣满跋涉者奔跑不完的希望

客家方言（二首）

严来斌

空心竹

初冬时节，一排空心竹日渐消瘦

北风吹彻，发出一声哀鸣

在林中劈竹引火

沿着竹叶上的公路返乡

老人将一节躯干空洞的竹子削成玉箫

吹箫人按着几颗落寞的星辰

整个村庄顿时陷入沉寂的梦乡

月亮高悬，如寒光一闪

千里之外，犹能听见竹林攒动

像在庙里卜卦

每一根空心竹都是一支上上签

客家方言

客家方言在十里八村

恣意开花了

你不会懂

像郎情妾意

方言的骏马在舌苔的草原上飞奔

雨熄不灭

风也拉不住

一匹迟暮的骏马依旧在黄昏中飞奔

人与人之间的交流

无非是

你马不停蹄

我快马加鞭

在地铁站

朱泽礽

下班，头顶的白炽灯刮得额头生疼。无处安放的双手，下意识地握紧。

纷纷，你我是一期一会的人潮，只有两个流向。听见离家时的那声叮嘱，加入，或是折返，算是一道关乎生计的送分题。

被裹挟的汗水沿过道飘散，入闸口那人的身影，好近。想多走一步，不累，可勇气随步履匆匆，反应太迟，是故作坚强的矜持吧。

隔绝人潮，安全距离还得等待。灯已闪，铃正响，我习惯避让。一天又一天，美感，是否不停错过？

徒步诗（三首）

阿翔

南风台斑斓志

从台阶出来，迈入楼顶上的天台

你仿佛收到过雨声，一只蝴蝶

邀请你参与翩翩起舞的慢镜头，但它轻得

像是从喜鹊嘴里掉下的羽毛

不只是白云的轻微，也不只是看上去

错落有致的景观。而你能推测的

逻辑是，假设从草本植物身上打开

一个缺口，将醒目的命名用于

碧绿的背景，也许旁边还陈列着桂花香

和海棠绿的对比是否令天使

也曾想替你出神。很可能，意味着

橘猫的敏感不再限于

凑过去嗅一嗅，仿佛你从未留意过

它的反应。长椅静坐的人像你此刻叼着烟斗

不见得能捕捉到蝴蝶身上的斑斓

它使你更像一株瓜苗，和孤独并没有什么差别

尤其还倾心于满天繁星，你从不隐瞒

菠萝的海被隐藏得太深，以至于

仅剩的一块木牌成为蔚蓝的陪衬

散发出的香气可以归入新颖的生活起点

说实话，感谢上天都不如感谢你

经常浇水，抑或，人的悲愁一旦卷入

南风台这个现场，命运的隐喻还能

好意思到哪里去？甚至早就料到

你会来这一手：喝点酒，只会令你的咽喉

比嗓子发痒。不这样你怎么回敬

蜜蜂的旋涡？毕竟你从不依赖

时间的荒谬，这有点像并不是每个人

都能幸运到拥有空中花园

你的确很幸运，从台阶迈入到天台

一场细雨不会浪费它的清澈

甚至不会浪费你凭栏远眺雨中的世界

注：南风台，位于广州和佛山之间的边界，系诗人安石榴多年前
创建的天台花园，也是诗人、作家和艺术家经常聚会的地方。

徒步诗

（与杨沐子、王璟、吕布布、孙文波游马峦山）

有近乎荒芜的路，在守约的下午

有歧路的旧山水，必然走向它的遗忘性

我有无声的波涛，沿途推迟时间
迷惑于夏日的蓬松，以至于炎热
看起来像是温柔的暴力

古村落经过叠嶂之外的节奏，不仅涉及
坡度，宛若另一首诗，不与我们合拍
即使我们不缺乏表达

我拾起石头，试图掂量出黑暗
和遥远的启示录，这不同于他人的
对号入座，就像此刻，云朵擦亮了
本身的黝黑，必然的缓慢
有必然的沉默

在附近，旧山水带来新远方
观海观到一个完美的角度，以至于
我们不急于到达顶点

在有限的自由里，金毛犬一路
忠实于狂欢，比古老更占据我的
是风俗，仿佛大雨躲不过
陌生比喻的即临

我们不谈论庞大气势，甚至徒步
本身是风景，也许反向赞美是真实的
光线拖着孤独是真实的，有一个下午最惬意
类似的，层峦断壁连着

我们的筋骨

有词穷的残篇，田园从未错过落日
有不知去向的流淌，风从未错过不可探测的静穆

洞背村回音传奇

沿途在幽静的村中，旧墙壁负责
一个散漫，不仅仅裸露着芭蕉叶的催眠
而且还融解于回音的全体

好像不止雨的阴影，半空中
坐直了身子，在你的想象之外来得
这么急速，既赤裸又变幻莫测

我明显感受到经典的寓言
如波浪的脚步守住每一个角落
但骄傲从不会让你漏网

必然多于耸立的真相，就必然
多于有限度的隐瞒。但这还不算糟糕
你主要的问题是考虑好时间的粗线

此地有如远方，甚至壁虎和蚂蚁
凑成十有八九遥相呼应的风景
回声归结到这一点：暮色被落叶葬送

暗房被反复打量和怀疑，关系到
梦境的一个深渊，其实你更像客串
生活的本色，对称于摄影效果

即使和波浪相比，也意味着工作
不会影响微妙的平衡。需要酝酿的耐心
肯定不只是留下了乌云的旋涡

听妈妈讲过去的事情（三首）

晓音

打雷了

夏至的第二天
中午，天开始打雷
先是一声
如邻家炒菜的锅里
洒入一滴水

声音很脆
随后，是几声闷雷
如晒场上的石碾滚过

声音沉闷
接着，是一阵接一阵的雷声
像一群奔跑的狮子

声音开始变得雄浑
在广袤的天空中
所有的声音

会因为它们变得微不足道
但是，雨呢

或许，这只是无数次的
结果中的一个
那些过于洪大的声音
总是虚张声势

炎热的夏季
雷声滚动
它让每一个听见它的生灵
心生恐惧！除此之外
已无他念

今日小雪

银杏树披满金色的铠甲
风从远处呼啸而来
它们很像实力不对等的
两军交战，顷刻
风又一次完胜
树又留下一地狼藉

作为一个胜利者
风，从来不留下痕迹
作为一个见证者

我已恪守住
太多的秘密

听妈妈讲过去的事情

车从门前驶过
我没有听到一点声音
失聪的孩子在傍晚捡拾落叶
银杏树的枝条
伸向不可触摸的天

这是在月光底下
我从寓所走向大门的路上
一丝风，一颗正滑向辽阔的星星
都充满了暗示和引领

我开始把脚步慢了下来
我开始想象，很久很久以前
大片蓝色的天空下面
我的外婆走在罂粟花中
她妩媚的样子……

唉，夜晚的天空
使一切都变得迷离和充满变数
我和您，亲爱的母亲
也会依照时间的顺序

以各种预感不到的方式
作永久的诀别

这就像某个诗人
一片落叶，一缕傍晚的风
都会让她联想起
比死还沉重的问题

我进厂打螺丝（三首）

程鹏

我进厂打螺丝

一颗螺丝在我手上发着亮光，它有螺旋般的梦
我拧啊拧，把汗水拧在它细微的纹路里，它们有它们的遭际

我进厂打螺丝，它们有它们的意义
就像一个人老了，他的骨骼松懈了，不得不进医院
不得不想起年轻那会儿，像螺丝一样拧紧

把自己的初恋放进厂房里，深情的话
和第一次接吻，以及激情澎湃的岁月撞了个满怀
我像一枚螺丝一样站在流水线上，目光锁定了出厂日期

一颗螺丝掉在地上了

一颗螺丝掉地上了
两颗螺丝也掉地上了
接着一盒螺丝都掉到地上了

我听到整个流水线发出了叹息声
谁也没有说话，谁也没有说出压在生活里的叹词
谁都知道一颗螺丝关系着一条流水拉的起伏

我关心的不是螺丝钉
我关心的是人类，是粮食，是蔬菜，都从这条流水拉
生产出来，然后吐出来，供给我们山河和土地

一颗螺丝关系着人类，它掉下无坠之地

它掉了下来，就像我身体的摇摇晃晃
我关心的是年轻的身体，因为疲惫会迅速地生锈
还没有出厂，就倒在一堆废墟中

走在下班的路上，走着，走着，睡着了

凌晨两点，终于把螺丝打完了，星星都眯上了眼睛
我的眼睛被螺丝锁着，锁了上眼皮
又锁下眼皮

走在下班的厂区，落叶树空旷，我像进入了荒原
我的手指因为螺丝的旋转，发出后遗症般的螺旋
我没看清眼前的人群，它们像无人区的土堆

我走着走着，睡着了

亲爱的朋友，你们经历过站在流水线下一边睡觉
一边手里还在打螺丝吗？整个都像电影的蒙太奇

这一次，我是睡着了，凌晨的两点
星星都睡觉了，我这个从厂区下班回来的工人
两条腿像螺丝一样拧在了地上，一动
整个人像一部机器一样倒下来

夏日仪式

杨华之

初夏，雨后。步入植物园
两旁树林间
齐刷刷奏响蝉鸣交响曲

定是有千百只的合唱
盖过刚走过的，马路上的轰鸣
个体的声音需要仔细分辨

忽然间它们停下来
潮起、潮落——如此反复
是谁在指挥这场盛大的音乐会

这些没有耳朵的生灵
能够透过繁茂枝叶
精准感知，彼此的存在

有耳朵又能怎样？同行者四五
皆充耳不闻。唯一人
停下脚步：惊奇、震颤，接受这仪式

我在工厂里认识了世界

曹启正

每一天我都会守在流水线上
像夜晚鸟儿守住山林
我亲手组装的咖啡机
犹如我下班后怀抱中的婴儿
我知道一个叫货柜的快递工
会漂洋过海送它们去
美洲、欧洲、日本……

在生产车间
我活跃的思维
常常没有灵感
更不能妙笔生花
写不出一句赞美产品的诗句
多像父亲手中生锈的锄头
在田间笨拙得不能耕耘

记不清多少个日夜
我将梦想寄放在
永不停歇的流水线上

我要打紧每一颗螺丝钉
我知道它们一出了国
就会有一个好听的名字：
中国制造
美洲和欧洲的电压不一样
时时刻刻
我不能将它们的身份混淆

质量栖息在我的骨头里
责任躲在我的汗水里疯长
等到异国飘来咖啡的清香
在晚风送达之前
我便风雨交加地幸福与感动着

园丁（二首）

王大块

园丁

他弓着腰，要把那蓬乱的绿化带裁直
电锯嗡嗡嗡地响着
仿佛是从他胸腔里涌动出来
震得汗珠从后背上滑落
和着乱飞的草叶在晨光中闪亮
他是我今天早晨路过的第一个人
另一个人和他做着同样的事
不会比他轻松
却仿佛是他的陪衬

赶紧走

电梯里见到一个人
脸红，耳廓大，鼻子扁
像是三天前酒桌上碰杯的人
搂着肩膀互称兄弟

一口闷掉，再干一杯
不敢轻易打招呼
上次就这样认错一个
他瞅我一眼，若有所思
即使认对，也互相叫不出名字
走出电梯，分道扬镳
彼此回头望一眼
心中都长舒了一口气

在从化（二首）

姚中才

从化山月

唯有冬天里的一轮山月
照见往事，照见流溪河静静流淌
爱情如月光般宁静，这么澄澈
而灯火里的人间恍若隔世
这样静静地站在月下，站在山巅
你无须向时光道歉，岁月往复
时间在生命里迷路，
而我们记下了自己
我们把故事留在山野之间
岁月不知不觉中积淀下来

这轮月亮坐等太阳
她所守护的夜晚平安交接
黎明已现，万物渐次醒来
河岸树林里鸟开始歌唱
另一边的地平线上
太阳已经开始发动

霞光已经布置好仪仗
月在天上，月在水中
她用一种安静的姿势
注视这个守望过的世界
等光涌来，静静退场

一树荔枝迎着朝阳

春风把她打磨得如此圆润
低着头却一点也不怯场
阳光沉淀在向阳的部分
百味在体内暗暗滋长
从无中而生，到枝繁叶茂
一树荔枝就是在讲述一个故事
鸟在枝叶间起降，一枚果实
也是自己的前世今生
把自己传扬四方

朝阳展示着漫天的金黄
落叶在为明天铺设道路
风卷起的往事有些萧索
一树荔枝选择早晨行走山岗
没有目的，走就是目的
只有酣畅淋漓地走一场
才对得起这盛大相遇
对得起时间里春光浩荡

我看着一片叶子落去（二首）

吴锦雄

我看着一片叶子落去

从未如此认真地凝视着
一片叶子，平常普通的
却又是世界上独一无二的
我看到凹凸清晰的叶脉
如群起的山峰逶迤
如河流起伏奔越
有微细的斑点
有高光的亮点
还有虫子歹毒的伤害
一片叶子充斥着丰富的
喜怒哀乐

饱满而又趋衰的翠绿
挺膺而又坚持的叶柄
生命的代谢在无声地来回
如红颜容易老去
如英雄日趋暮年

辑
一

我的眼眶噙满泪水
仿佛生死透过叶子
与我对视
风却如凝固的透明玻璃
叶子战栗地动了

一直往上翻滚飘扬
仿佛舞一曲生命的挽歌
直到，扑一声落到地面
硌痛了我的心田

世界喧嚣又复沉寂
可曾有谁在乎一片叶子
它也曾在枝头起舞
曾以胚芽、鹅黄、草绿、苍郁舒张生命
我的眼眶模糊，涵括叶子，连同世界

在西塘邂逅她

青衫落拓
醉里倚栏看剑
悠长迷蒙的烟雨长廊
檐雨依依
行至此，浪子的心落锚
相伴西塘的朝晖落霞

斜睨浣纱的村姑的红袖儿
徘徊于温软的胥湖边畔

我就是那青衫
八方舟楫，千盏灯笼
九条河道穿流而过
淌进心的塘沽
他在千年的时光行走
户户临水，家家遇舟
枯萎的心在水乡温软地复活

水是脐带，是胎盘
孕育爱，孕育生命
走失了的爱情
在这迷蒙烟雨中
在绵软的时光里
邂逅西塘，乌篷船澹澹泛开
丽影双双对对，我顾影而伫
我知道，我一个人，而我的心不再孤单

深圳新年献诗（四首）

远洋

歇晌的建筑工

远远望去，树荫下他赤裸的身体
像一条泥土里拱出的蚯蚓

能屈能伸，蜷缩着，睡过
公园、桥洞、单车棚和山上坟茔
那座瓷砖墙琉璃瓦顶的墓室
是他住过的最豪华的公寓

把忽闪的烛光当鬼火
一对恋爱男女的尖叫声
让他也受到惊吓，从此丢了
豹子胆，再不敢打扰亡灵

这是他曾当作笑话给你讲的故事
走近看看，这个风餐露宿的建筑工
头盔扣在脸上，铁镐搁在一旁
手脚摊开，像粗大的树根

也许是太劳累了，他倒头便睡
恰似在田间地头，发出齁齁的鼾鸣
微风轻拂他沾着泥星的头发
轰响不息的城市也仿佛变得安静

别打扰他，让他享受难得的小憩吧
此刻，阳光的金线在枝叶间穿梭
正为他编织一个绿色梦境

袁庚雕像

这个一生倒下过多次的人
死后，终于不倒了

他又站了起来，脱掉外套
搭在手臂上，保持着向前走的姿势

在他身上留下波涛的线条
在他脸上刻下礁石的容貌
在他手心里攥着拓荒的火种

他打响蛇口的开山炮
他轰击的，不仅仅是板结的土地
而且是僵化的头脑

那些炸起的石块却向他抛来
砸得他遍体鳞伤
他拂拂身上的尘土，莞尔一笑

他要杀开一条血路
为自己，为亲人
为这个多灾多难的民族

如今，他终于可以含笑九泉了
这个赤子的灵魂却不肯安息
他仍要风风火火地走去

他终于可以死后不倒了
他仍要带领大家一起，永远——
向前走，不回头

深圳新年献诗

从蚌壳里脱胎而出
浑身散发着刺鼻的海腥味
你那林立的大厦和广场
争相模仿搭满旅客的远洋轮船
驶向新时代的港口

潮涨潮落，你总是汹涌澎湃着
新的希望的潮水

返回了偷渡者，涌进来观光客
浪花四溅，唾沫横飞
让人们尝到市场的咸涩

或淹死了会水的，或让弄潮儿优游自得
让一双双闪闪发光的眼睛
追逐着信风飘飞的信息、钱币和时尚
让无数颗雄心或野心
像凌霄的木棉花冲天怒放

多少开拓者给你带来欣喜和震荡
多少漂泊者把你认作家乡
多少流浪汉把你当成了天堂
多少莽撞的闯入者，在你的大街上跌跌撞撞
碰得鼻青脸肿头破血流

而我，要对你说——
给我安静，让我能够沉思默想
请扫除浮躁，卸去喧嚣
让翅膀找到可栖息的地方
让灵魂建筑神圣的殿堂

我知道：世界上还没有一只铁锚
能将你牢牢拖住
出生在大海的摇篮，离不开风浪颠簸
你的桅杆高高悬挂着太阳
扬帆远航，你仍然要去探索新的海域

岭南之春

清晨，看见一排排街树
忽然由青绿变成鹅黄
像小姑娘换上新崭崭的衬裙
齐刷刷站在路边

鸟儿连声啧啧赞叹——
玉兰、杜鹃和山茶，纷纷
举起高脚杯盏——到处都令它们
觉得惊奇和新鲜

任谁也挡不住春天的脚步
来自北方的一场倒春寒
又算得了什么，只是让木棉树
打个激灵，抖擞精神

而不是寒战。冬天
还躲在拐角，满城凌霄花
已高擎无数支火炬
怒放鲜红的光焰

小别离

王建军

一年里　总是要在年初和孩子父母别离
尽管会是泪水涟涟　可是
还是要别离　因为生活

还有许多的柴米油盐酱醋茶　让我
不得不　远走他乡

他乡不只有灯火阑珊　还有
偶尔的思乡　徘徊在午夜的
窗棂边　惊醒我不曾醒来的故乡

这些年的别离　也让我
淡忘了那些田野里的往事
水稻抽穗　红薯长大
上山掏鸟窝　下河摸鱼虾
都只是故乡留给我的抚慰了

如今　思乡的痛
让我只得在南方城市的夜空下　用笔和纸
反复练习着那些曾经的美好和从容

辑
一

151

没有光环的打工女性

程厚云

曾经，

我敬佩，甚至崇拜，那些头上取得了光环的打工人。

他们成功的故事，激励无数普罗大众。

随着年龄的增长，我更敬佩的却是那些流水线上的打工妹。

不！不！

不能再称呼她们为打工妹了，应该称呼她们为打工嫂了。

她们的脸上不再光洁、细嫩；

她们的脸上溢出了黑斑；

她们的眼圈挤出了眼袋，她们的眼角龟缩出了鱼尾纹。

清晨八点的上班铃声一响，输送带便开始了运转。

她们坐在凳子上，双手麻利地在输送带上，做着相同的动作。

为了保持输送带上的产品正常运行，她们很少去厕所，很少去喝水。

直到下班后，她们才得以身心放松。

她们用青春、隐忍、勤劳，换取微薄的工资，抚育子女，赡养家乡的老人。

时光在一分一秒、一天一天、一年又一年中将她们慢慢熬到了退休的年龄。

但她们还不能退休，

为了子女、家乡的老人，她们还要继续在流水线上奔忙。

这些没有光环的打工嫂，除了亲人，没有多少人知道她们的名字。

但！

就是这些平凡的、隐入尘世的普工打工女性，

是她们为工厂撑起了生产的效率，以及生产的效益。

我想，这也是让她们引以为自豪的手工技巧！

暖房

梁咏赋

被弹钢琴的手指捂着，暖手袋一样暖着
那个可以模仿星球蜷曲的胚胎
豆芽一样金黄的宝贝
玻璃一样透明的心脏
被一个女人用慈善的子宫养着

一阵躁动，同样的和母体河流一样纠缠
心脏的窗口，旭日东升，阳光照过来
冬天是可以书法的象形文字
我们都在里面享受血液的灌流
维他命，复方氨基酸，黄体酮，还有你已经高糖的窃窃私语

我们必须验证那个把我们降生到地球上的暖房
经历了怎样的地震式剧痛，太空站一样衔接和构造
多么庞大的力量
把我们千锤百炼地打造成柔软的骨肉

让我们诗歌一样成为风雪夜归人
成为袅袅炊烟，半块烧饼，一个熟鸡蛋，一声乳名的千呼万唤
那是一个方向，冬天里阳光的方向，一个不能再次返回的星球般
的胴体

它们

任士见

风一层层打开，你的目光深不见底
在月色中，它们凝聚成一片江湖
我仿佛听到涛声，一浪接着一浪

深夜展开花枝，一颗颗星露出笑容
它们终于寻到热爱的岛屿，它们说
到人间不是为了捧起一团金子

当天空浅到只剩一朵浪花，我问你
春天为什么还在你脸上，我问春天
那片江湖是否永远空荡荡

八卦岭（节选）

吕布布

棋布第二

我熟悉自己的海平面
需参落日时分的月亮
云聚集的肯定和虚无

而现实，是壅闭之管
我从未测量它的长度
没什么真实能够提炼

没有空隙想得出未来
因此，我从不对未来
失望，我织游戏之网

唯原动力造得出奇迹
承，敬畏的幻象返回
安排更丰饶的地平线

八卦岭虚构了一座山

此，是彼无疾的一终
彼，是此思想的一束

朦胧真实，并不重要
构想一种先行示范区
无出其右的云最重要

交眩第三

一切抵达宝安的飞机
必然，途经我的窗外
长满了建筑物的天空

错乱后平静。"不是
飞机，更是幽灵！"
诗人在封底写下智语

就让世界归你的头脑
但不要加入你的内心
让诗属于欢快的指法

也许在你身后还跟着
行业的春天，坏数据
也因你的阳性而转蓝

因爱而为，你虽不知

何时衰老，但生命的
次级就在于成为强者

其实也是弱者。笑忘
工作占领了你的天真
那些幽赞无言的早晨

跨行第四

若九街不开花的木棉
你的色调集中了暗沉
无法为城市送上火焰

重复的、费解的梦境
仅仅次于生分的草稿
平凡的气质逼近神圣

仿佛天使的声音传来
内心早已视你为同类
万般动念与自由击键

跨，是逃离，是滑翔
是翻倍的可能性，还
可以再小，不计酬劳

你的创意和陈旧同在

你的问题从不求答案
让雨在头顶走向喧哗

你把欲望送给了浪漫
你的音乐消逝于天使
那游戏中展开的六翼

159

玫瑰的决心

鲁子

大地且沉默。

玫瑰开出花朵，

花容，令我失色。

诗人何为？

徒有羡慕蜜蜂的份儿。

人的词语被罢黜，

被揉皱，贫血，苍白。

生与死，天生一对：

碰杯，然后，破碎。

当你被连根拔起，

被截肢，插入空瓶，

玫瑰，我借胆问你：

你居心何在？

在种子，在根茎，在枝叶？

而漠视与遗忘之风，在

大地上肆虐，摧折万物；

又有谁能阻止玫瑰

成为玫瑰的决心？！

面壁

李鑫

我看看桌上枯萎的桃子，看看衰老

我看看墙壁

我看看地上干枯的昆虫、旁边的米粒

看看死亡

我看看墙壁

我看看头顶的灯，耀眼而陷入短暂的

空白

我看看墙壁

我看看窗口茫茫的人间

草木和灯火一起战栗，似乎有事物正在失去

我再看看墙壁

现在，我正看着新闻里的战争

白色墙壁里有流弹和嘶吼

有血和泪，我盯着这雪白的墙壁

我就这样面对它并成为它，它的无内容的

辽阔的白

正试图把一场战争在我身上

平息

广州的冬天，您早

杨兵

天空洗得碧蓝碧蓝
一条鱼儿游上游下
它欲偷来椰子树当支架
口味的气泡当神笔
轻柔的波当画布
绘下蓝天无瑕

一只鸟儿蹦上蹦下
转眼又掠过水面
它想钻进波光里的蓝天
捕捉那只虫子

我身披万道金光
剪春风拂柳
寄给冰天雪地的您

流浪

孔鑫雨

从山东到广东，在地图上
也不过是几厘米的距离

而这几厘米的距离，我却走了
十年还没有找到返回的路线

从十七岁到二十七岁，只是一场电影的
时间，我就不见了十年

打工的父亲

袁斗成

远方有多远　窄窄的田坎就有多长

腰间别着的砖刀霍霍闪着银光　月色与夜色都不肯离开

晶莹的露珠提一盏灯　土地暗暗落泪

不知是谁抛弃了谁

就像英雄的出征　一团身影点燃了精神的焰火

懵懂的我倚着门框　与茅草房一起一遍遍用泪水送行

像蒲公英的种子　一定有那样的时刻

风一吹　就能落地　风再一吹，就能生根

粗大的关节能够灵巧地穿针引线　所有的伤口

一点一点愈合　一栋栋整齐划一的楼房

在浑浊的目光和喧嚣声中像孩子长高，长大

就像路过灯红酒绿，一遍遍心照不宣折返未曾心动

勤俭节约　吃苦耐劳揳入钢筋水泥地长势良好

再大的风雨　再毒辣的阳光只是增加了营养

铜色脸庞撑起了大山的肋骨

遭受呵斥与辱骂听成了山间飘荡的淳朴民谣

偶尔喝得酩酊大醉时骂老板是吸血虫

醒来却胆战心惊　干活更加卖力气
怯怯低下头像个小偷　不敢正眼瞧一下天空

自己又老了一岁　心肺仿佛也减少些许
一袋水煮花生　一盘猪头肉　一包劣质烟
返回的路上格外冷清　无人跟随
昏黄的路灯点点　幻化为蜡烛摇曳着朦胧
把酒杯举过头顶　为自己许愿
酸辣苦甜的百种况味翻江倒海　一如既往惜墨如金
得到的祝福是上班铃声准时响起

借助落日余晖　喜欢坐在脚手架上伸长脖子张望
视线里　密密麻麻的高粱地深处
那间老屋　那个村庄　过滤　沉淀　升腾
沦为小小黑点　那晚的夜就特别长
弯曲的乡间小路是根麻绳
一头系着袅袅炊烟　一头系着流光溢彩
卡在中间像一根针　剧烈疼痛又一次次忘记取出

从来不幻想一夜垒高　一砖一瓦颤颤悠悠重叠着
汗水搅拌着砂浆　血液凝固了梦想
好像一个古老的传说绵绵不绝　什么都不用想
因为撤得太快　乡音更急　乡愁更浓
喘一口气也左顾右盼　用地道的方言缓缓吐着故乡的音节
男性的荷尔蒙与红红的眼圈窃窃私语　又一脸落寞

在这座城市　自己把自己先知先觉忽略

却有一块不大不小的稻田　或许就在方寸之间
种上五谷杂粮　种上红辣椒　养一条看家狗
村庄霎时鲜活起来　能够清楚胎记的位置
并不是鹤发童颜都有菩萨心肠　蹒跚的脚步停留在黄桷树下
一口大黄牙牵着密密麻麻的皱纹朝向远方

我和父亲　父亲和我
沿着彼此陌生　彼此熟悉的一根直线交会
老了的父亲完成了任务　依然雄赳赳　气昂昂凯旋
目光对接　情不自禁喊出父亲的名字
翻过来　翻过去　我霎时恍然大悟
密密麻麻的鱼尾纹褶皱上
漂泊豢养了父子一样的宿命　写进了家风族谱
彼此展开着苍白对话　或者一开口就是无言

站台

孙银川

一个子弹头似的列车
穿插天地之间呼啸而过
它是坚硬的、灵动的，执着而明亮的
它飞快地划过骨牌一样的物象
包括来不及流泪的伤感
选择了风雨兼程

那是一截悬空的流水
在站口作短暂停留，吞吐人群的流水
一沓纷乱的脚步
两只手擦肩而过
每一个人，都是一滴行走的水
不是离开，就是返回
那些人不同的行踪都将被时间挟持到某个
站口

也许是你远方的起点
也许是我诗歌的归宿

凤凰山，遇见一棵树的爱情

贺翰

那是花草树木散发着的
本能的原味清香
那是山涧里的每一条清泉
灵动欢快的韵律
包括土地上每一片发黄的落叶
以及蓝天白云勾兑起一声鸟鸣
就调制成了这杯精致的
只属于山的味道

山谷里一位叫桉树的姑娘
一不小心，把心事
跌落在山谷的回响里
那声音穿透了山的厚重水的深情
也穿越发黄斑驳的一面旧砖墙
那是一扇老得快倒下的墙
依偎在一旁的
是老得走不动也嫁不出去的桉树姑娘
日思夜想着一个叫知青的
少年郎

亲爱的厨房

郝小峰

妻一大早从地里摘回来的新鲜青菜
还静静地挤在菜篮
一簇簇，金黄盛开的菜花
像生活无私的馈赠
引得窗外三两只蜜蜂悄悄飞来
久久萦绕在洒满了晨光的厨房

又是新的一天，又是美好的一天
孩子们都起床了，该洗刷的洗刷
厨房的灶炉喷射着蓝色的火焰
一口锅支起一家人的一日三餐
一位早起的女人在厨房忙碌的背影
给一个家倾注着无声的温暖

一个个烟熏火燎的日子里
一间不足四平方米的厨房
一直以来是妻单枪匹马的战场

很多次我想跑进厨房

伸手轻轻从背后拦腰抱住她——

这位爱美，更爱生活的女人

给我一个有温度的家，和每日简单的幸福

沙鼻梁埠头

孙禾

没有比这更小的埠头了
什么都小
小镇，小巷，小船，小桥……小情小调
为什么我们心中总习惯于装着大江大河

为什么我们不能像这些古老的大树一样
守着这小时候的埠头
把中年潺潺的影子投递到
清凉的水中。不想去更远的地方了

没有比这更小的埠头了
为什么树荫下卖香蕉的寡言的阿婆一直微笑
额头的年轮里流淌着
没有比这更慢的时光了

想到爱，与被爱。无论如何，我还是觉得
我的爱太小了。也是在这个时候
这样的小
才能容我把爱过的人再爱一遍

一闪一闪亮晶晶

肖佑启

恒星太多

用赤经赤纬法，用 HIP 星表

从八十八星座，从鲸鱼座，找最亮的那一颗

我没料到，中国星空最亮的不是一颗

而是围成一团的一组群星

用线段连，呈波浪纹

画弧线，呈巨大的扇形

香港北上，沿珠江口，西行、折返，甚至用虎门大桥、港珠澳大

桥、深中通道

形成闭环

九加二,一齐璀璨

用递进式，用排比式，用插入式

做簇拥状

加入仰望，加入欲望，加入胆量，加入接力

一个聚超级能量的星群

说亮，就亮了

在星空闪光，得一眨一眨，得有力度

星星思想，你眨，我也会眨，你亮，我也亮

暗中角力

向左看，向右看

它们一起闪耀"粤港澳大湾区"

驻足远眺，最亮的那群星气质愈发迷人

不必担心天亮之后

我关心的粤港澳，从没有打盹过

一直遇到晴好的日子

仿佛一个巨大的火炬，我一伸手就能高举头顶

龙门茶庄（四首）

宝蘭

龙门茶庄

每天我会在固定的时间走进茶庄
半躺在木制的摇椅上
听很深情的音乐
这里每天都会挤进很多事物
一些来自外省的消息
一则时事新闻

一堆有些平庸的段子
让茶艺女羞涩得抬不起头来
棠樾的一只小狗
与邻居家的花猫打架的场景
谈桃花渡，自家的儿女，一日三餐
被毁灭的青春

偶尔也说说阿赫玛托娃的诗句
词语的战役
像铅锤一样撞击着心灵

说欧罗巴与宙斯在小岛上的爱情
物质的高度与精神的内核
说这座城市，所隐藏的疼痛
以及有关人的欲望和阴谋

这些与真理、信仰、品位无关
我爱上了茶庄里的山水味道
这种缺铁的味道
默默地在此饮茶，静看窗外那个撒米等鸟的人

林坪路 28 号

我等到了这样的时刻
湖泊清澈，草木散漫而安静
桉树叶与异木棉杂染着南方的早晨
这让我感到心安
虽然，我已过了锦绣之年

我时常将黑夜分成两半
一半留给黎明，一半留给松涛
我忽然想起自己曾经的诗句
像一棵树过着四面透风的人生

在林坪路 28 号
我与两只约克夏相依为命
我们时常面对面坐着

像是一种安慰
靠着父亲种下的石榴树
似乎看到了儿时的自己

虽然早已过了醉酒的年纪
偶尔喜欢举起手中的酒凝视
看它在杯子里忽左忽右地晃动
或是望着硕大的明月发呆，但不哭泣
我会腾空自己
这里的生活比城里慢一些

落日隐退之时我坐在书房的圈椅上
与米沃什、策兰，说声抱歉
我坦然接受中年的平庸
在林坪路 28 号
就这样悠闲地活着
并努力做一个幸福的人

我终于知道了妈妈的名字

我也是有妈妈的
虽然我不记得她的模样
别人的妈妈都有名字
丫头，小翠，秀兰，桂花，多好听啊
但是妈妈，我却不知道您的名字

我相信您也是有名字的

我在孙岗打听

我在河边村打听

我向远房亲戚打听

向一切认识和可能认识您的人打听您的名字

就像打听一个丢失的时代

妈妈呀，仿佛全世界的人都不知道您的名字

一个不知来处的孩子

一个形单影只的女人

就这样过了几十年

今天，终于从归来的乡亲处知道了您

我捧着您轻轻的名字

我捧着您沉重的名字

我捧着您纸一样薄薄的一生

妈妈，我捧着您——

严少清

向阳寨的小院

因为你要来

我决定在向阳寨建一个小院

只为自己留一条进去的路

所有的平方归你

从现在开始种花，开始等你

我要把这漫山遍野的花籽采回来

我要借它们的美，借它们的时间
我要让这里的每一寸土地都覆盖幸福

我开始学习阳光是如何和花相处
不能太过热烈，不能让你寒冷，不能让你知道
我等待太久已经忘记了想要的答案
我每天对着满园的花说，不要开，不要开
你不能为了完美就只活这一天

而我是你摘下的那朵花
我没有给自己留退出的路
只想让灵魂在与你的亲近中净化
最近不断有人传来闲话
说我的小院装不下你，装下你需要一个时代

劳动中的小神

张国民

如果有人叫我谈谈我这大半生的爱
我真的开不了口，下不了笔
我怕我的笨手笨脚弄坏了她的美妙多姿
我怕我生涩的笔尖划破了她的冰肌雪肤

其实，她也不是一个具体的人
说她在吧，你又看不见
说她不在吧，她又时常硌得我的心隐隐作痛

其实，她是多种袅娜娉婷的花花草草所组成的幻影
缥缥缈缈的，像云朵和蓝天，像青梅和竹马
她温柔，像我家乡的一片小湖
像水边一株青翠的芦苇，在春风里摇曳
像把一张小笺，轻轻放在我案头的，欲言又止的马雪琴

春天里，我们好多人一块在春风里奔跑着
去倒流沟畔争着掐第一朵芍药花
而她抢掐到的那一大朵芍药花
背地里，却无言地送给了我

179

我怀抱着，流下了两行热泪
那一缕缕羡慕的眼光，至今还在那年的春天里飘荡

话说回来——
其实，她就是一个人
一个长在我心里的人
有名有姓，有血有肉
她的体香是瓜果味的
她的眼神是春光样的

她的模样：古典而时尚
她的性格：恬静而活泼

整整三十年了
她已幻化成一个恍惚的小神
而这个小神，单单只有我自己去敬仰
我不敢喊出她的名字，我怕一出口
她会像一只白天鹅，一下又飞去了花城

在广州

思北

大榕树不修边幅
胡子拉碴立在江边
立在巷子口
迎送着不同的方言
不同的口音
风匆匆，像珠江水
脚步快过风声

房东用他独有的
半明白半糊涂的语言
向我讲起上午茶
讲起泡在光阴里的
一大截时间
而我在谋划着
下个月房租的来源

建设者

肖红

天刚蒙蒙亮

他们已经来到了工地上

一个城市的梦想

牵引着他们的梦想

纵横交错的脚手架

与他们

是城市的一种风景

闭上眼睛

都能感到城市在拔节

老一辈"南漂"人打下的地基

始终是其中的一部分

他们崇尚岩石的姿势

在鳞次栉比的混凝土丛中

心始终硬于楼群

朝朝暮暮为梦想奔波

蓝工装冷漠了青春

天天走在脚手架上

每一步都是烙印

勤劳的姿势

感动过城市的每一个人

归来兮出租车（二首）

刘江波

归来兮出租车

凌晨二时左右　很准时
一般时候我都在看书
出租汽车的发动机响声
从对面楼下传到三楼我的房间
我知道那个常年
穿着一件夹克的司机
已经收工且倒车入库
此时此刻的我伸伸懒腰
起床一会儿然后准备睡觉
多么有规律的催眠曲

今夜　找一支笔写诗

绕屋三圈　找了许久
才在电视柜的玻璃台下
发现仅存的一支

未被儿子戳坏的签字笔

枯坐三刻　想了许久
才在心底最隐秘的地方
重拾些微的残留
曾经对诗歌的狂热与热爱

今夜　向诗神缪斯双手合十
且让我重新入学启蒙　习诗写文
丢弃偌多繁杂虚拟的借口
校正航标驶向崇尚文字的心灵彼岸

今夜　终于找到一支笔
续写未曾写完的诗歌和文字

打水漂

洪芜

在城市，有时候会想起并且怀念
在乡下打水漂的日子
随便拾起一枚薄薄的石片
斜着身子，用力地抛掷出去
石片贴着水面飞
我们比赛并许下愿望

如今，在拥挤的城市里打水漂
把自己放在人群中去挤，去磨
挤磨成薄薄的一片
我不想贴着人群，从一个城市漂到另一个城市
只想听到"咚"的一声
在动听的声响之后
沉入到这个城市的楼群里

银湖笔记（二首）

万传芳

瘦桥

瘦桥是我给它取的外号。它的学名叫银湖三桥

在银湖工业区，银湖三路被一条小河切断，需要一座桥连接路

小河在工业区流淌，生长着马齿苋、芦荻

也养育着青蛙。春天的时候，总有一两只醒来的青蛙

在河边欢愉地鸣叫。也有蜻蜓在河边飞翔

偶尔，它们轻巧地点一下水

河里生长水葫芦，那是一个生命力极强的外来物种

那些能开出紫色漂亮花朵的草，来不及等到开花，便被环卫工人

割走

还有根，留在河里。隔个十天半个月

强大的根系又把茎和叶从水中托起

接着被割倒，然后生长，再被割倒，一季又一季

银湖三桥长五米，宽三米。这是我用脚步丈量出来的数据

我把流淌的河想象成瘦西湖

银湖三桥便是那瘦桥，这是我对它的称呼

在银湖，有许多座这样的桥，它们伪装成路的模样

187

或者说，它们早已和路融为一体。若非特别留意，即便路过
你也许不知道，你已经走过了一座桥
工业区的河，东西流向。沿着河堤往东走，能够抵达谢岗火车站
现在，它已经是货运站了。偶尔，有火车在这里临时停靠，错车
在一些特定的时刻，我站在桥上看火车
那些绿皮火车，一如我当年南下时坐的火车一样的绿色
在铁轨停靠，车厢的颜色让人感到温暖
仿佛，它从二十年前行驶过来，我刚刚走下火车

一根电线的诞生

在电线厂，制造电线的部门，名叫制线部
塑胶料、铜丝，风马牛不相及的两种材料，在这里亲密结合，成
为电线
当然，需要借助现代化的机器设备，和成熟的工艺
最先开始运动起来的，是铜丝
各种规格的铜丝，粗的、细的、裸铜、镀锡铜
用转动轴装着，装到绞线机上，被绞成芯线，变成电线的一部分
每一根芯线，必须穿上塑胶的衣裳，这件衣裳称为外被
需要把塑料加热、熔化，在外被机上，让溶液裹住芯线
作为一条电线，不能破皮不能露铜，外被必须均匀。这是安规
要求
制线部对每一道工序，都用自己的江湖语言称呼
制线称为跑线。在制线车间，总能看到各种线，在不停地奔跑
这就是"跑"字的由来
绞芯线称为跑芯线，给芯线裹外被称为跑外被

某些特定的电线，需要把两根或者几根电线成品绞到一起

有的电线需要特殊工艺，比如辐照，比如激光，比如印字

在制线部，机器在不停地奔跑，线在机台上跳跃、传输

从外被机跑出来的线是滚烫的成品

那些线，被传输到十几米远的打卷机上，打包

为了防止它们变形，必须浸泡在水槽里冷却

电线，是对线的统称。它们可能是电话线、医疗线、汽车线

每一条线的制作过程都一样。必须在机器上走完一套完整的流程

在制线部，机器轰鸣的时候，有很多条线，成品或半成品，在跳
跃、奔跑、歌唱

从车间的这头到那头，从这个角落到那个角落

这是一张电线编织的网。很多人，在网下穿梭

荔乡颂

曹剑萍

1

夏的形象，由蝉声徐徐展开。体温越来越烫的太阳，高挂在中国最美的荔乡。

金光沐浴！古老的和年轻的荔树，一律头戴通红的桂冠，泼墨出丹顶鹤般的诱惑。

早先的增江岸边，湛若水的故乡开满荔花，像海，更像璀璨的星河。每开出一簇淡黄，心学的功德就上升一些，擎着普世的光。

此时，鸟群的掌声响彻山岭，沸沸扬扬，不绝于耳。

乘一朵荔花过河吧，让轻如鸿毛的芬芳涕泪交流。

2

荔枝的饕餮者已在去年衣锦还乡。荔花的纯粹，使得留恋的目光终生翻不过山顶，越不过村庄。一如磐石的谦卑，坚守着花开花落的轮回。

生命的转换是由梦幻般的山风完成的，一团又一团的往事被不动声色地吹散，露出一大堆或祥和或喜气的面孔。桂味、妃子笑、挂绿、仙进奉……五十多个家族成员聚首在共同的出生地对比成色，却一言不发——

拒绝空谈，并始终站在苦的对立面，是增城荔枝们恪守的家训。

万千甜言蜜语，抵不过刻在骨骼上的一句沉默！

3

三两声脆雷，或远或近地炸响了阳光的斑斓。谁家的柴扉洞开，一条小径，七拐八弯地伸进兰溪边的森林，精准地勾勒出忆苦思甜的路线。

在最美的荔乡，再偏僻的土地也会有棵荔树，随便一棵都是天生丽质。比如挂绿，是西园的闺秀，一贯保持珍珠般的质朴和娇羞。当她走下仙境阁楼，一口雪白的糯米牙，瞬间惊艳四方。

在最美的荔乡，一树古典的荔枝绝不仅仅在于出诗入画，它从最小的可能着手，在北回归线的节点穿针引线，素淡的白描，占领了历朝历代的农耕高地。布衣袖口里孵化的老字号，玉立成一阕永不褪色的婉约。

无边的荔海啊，是这块土地上独有的隐语。在通往正果、小楼、派潭和其他荔园的路上，很难看清前世和来世的玄机，但今生必须端庄，必须圆润——

必须让大众远离苦涩的人间况味。

岁月悠深。最终，每棵荔树都活成了佛的样子。

4

那是很早以前了，唐诗里吟咏的荔枝，在盖世无双的荔乡，不过是形而上的假设。 浸润了日月精华的圣果腹中，总是藏着一个巨大的谜。

总想让增城荔枝变作一个个俏皮的动词，一路叮当，去敲响古长安的街巷，让沉睡千年的杨贵妃在民俗气质的感召中苏醒，用浮世清欢的手法揭开"一骑红尘"的隐痛。

话说回来，到过荔乡的人，个个变得柔情似水，缘于荔枝的美德，也缘于一次次红皮白肉的恩爱缠绵。

这块土地种植的荔枝已枝繁叶茂，尽管秋霜数次来临。他乡的客人，请继续在怀想中以增城荔枝为荣，在渴念里把洁玉的火焰囫囵吞下，不断绽放的炽烈，足以温暖你一生。

苍天在上（组诗）

保保

岁末送阿鲁到中山北站

必须为告别准备一个车站，
像必须为相聚准备一个节日。
灰蒙蒙的雾霾笼罩车站，
瘦小的阿鲁拖着行李箱即将没入人流，
像一滴水滴入洪流。
我举着手机拍他的背影，
他突然回过头来，似乎笑了一下，
导演特意安排的神秘的过渡？
我没有难为情，他的背影
是一个时代的缩影，
却越来越像一面面镜子
照见四十年沧桑巨变的累累伤痕……
照见你我他。

夏日黄昏与女儿在二龙山谈论桉树

没有看到树袋熊

只有桉树利剑般指向天空

足够多的桉树排列在一起

形成某种气势——暴力美学

暮色像落叶飘落在我们身旁

罗滚滚像只快乐的小兽

有时走在我的前面，有时走在我的后面

有时我们手牵手走着

记忆中，我曾经也跟父亲一起

这样走在故乡的田埂上

我的祖先桉树般排列在那里

我跟女儿谈起桉树的故乡澳大利亚

谈起桉树的好恶，谈起生态链

告诉她要理解桉树和它的生长环境

但不要有桉树的理想，她似懂非懂

走累了，我坐在路边的裸石上点上一根烟

烟点亮了晚霞，晚霞又把我们点亮

斜刺里飞出一只色彩斑斓的蝴蝶

它好像忙于收集黄昏特别的颜色

装在一个火柴盒的生活

陈芳

想到一只鸟时，我在一个像笼子的地方
自我垂钓，自我上钩
机器的歌唱与工人的劳碌叠在一起
这个城市森林，不寂寞，不悲伤
生活有如装在了一个火柴盒
内心的火苗，在闯过的季节里独自清唱
青春随卡钟的滴嗒声
一寸一寸消弭

经过时代的阵痛，以为成了一只自由鸟
依旧片瓦天际相隔
田院、山林、小溪，躲风雨枝头
一张不加粉饰的画
岁月在描……
我在生产车间，那缝纫线网织的日常里
拼合长短不一的碎片
竟丢掉了一些在世的蹉跎

东莞叙事（组诗）

祝成明

东莞叙事

东莞很小，很小
小到只是一个具体的点
城中村里狭窄、阴暗的房间
文林坊 65 号，5 楼 503
一盏灯管就能轻易照亮的二十平方米的生活
我经常伏在简易的桌子上
看书，写诗，做梦，遥望远处闪烁的灯光
忍受不明的噪音和闷热的天气
偶尔有一丝淘气的凉风闯入
就像我苦中作乐的灵感
我是那么脆弱、敏感、拘谨、安静
怕一说话，会让人识破异乡人的害羞和贫穷

东莞很大，很大
大到覆盖了我们许多人的后半生
大到需要我们用大半辈子去细细丈量
在这里，我从不感到孤独

广场上盛开的木棉花、街边摇曳的绿化芒

五颜六色的音乐喷泉和小孩的欢笑

与我一起守候东莞的白天和黑夜，幸福和忧伤

我的青春、梦想、激情日渐暗淡

我的希望也越来越少，少到只有一个

——当我每天经过东莞的时候

每一个踉跄的脚步，都能深深地踩进东莞的土地

都被东莞的小花、小草、红灯和绿灯惦记

那么，我匆忙而琐碎的行走就有了一点点的意义

在塘贝菜市场

我不记得，我去了多少次菜市场

但我的飞鸽牌自行车记得清清楚楚

我热爱生活，热爱每一个饱满的早晨

我从热爱蔬菜瓜果鱼肉开始——

青瓜头戴小黄花，满身粉刺

洋溢着青春的喜悦

白菜滴着晶莹的露珠

怀抱一个羞涩的梦想

白胖胖的莲藕不忘本色

洁白的肌肤上还沾着泥巴

木讷敦厚的红薯像我乡下的兄弟

把对生活的秘密藏进内心

果实饱满的玉米粒粒金黄

像人丁兴旺的幸福家庭

我从自行车小小的奔跑开始
满载生活的温饱和甜蜜
穿过巷口的面馆和街边的细叶榕
在身后洒下一路细碎的阳光
回到炒煎焖炸煮的小小出租房
将香喷喷的油烟送进东莞的天空

在银丰路美食街

可以肯定，我日渐崛起的中部
与银丰路美食街有关
可以肯定，我本来就不多的灵感
与银丰路美食街有关
可以肯定的是，我把这么多啤酒瓶扔在这里
一起扔掉的还有青春、激情和理想
我与多少朋友在此畅怀痛饮
我无法一一计数，就像我数不清吃了多少红辣椒
我把多少诗句遗忘在这里
"我要把苍天赐给大地的所有尘埃一粒一粒拣起"
现在，我枯涩的笔头已经锈迹斑斑
我应该写多少文字才能让我的心灵获得赦免
所有这一切，只有银丰路的酒精和月光知道

在时光里，在银丰路
有些朋友走着走着，就不见了

借着"一碗水"火锅的微光
我细数无法回到从前的旧时光
那些流逝的事物终会闪烁出自己的光芒
今天，我们无须追忆往事
我们只在酒杯里倒满酱香的夜色
然后，面对头顶的灿烂星光，干杯——

在中心广场

以匆匆的步履，以最短的距离
穿过广场。这是我反复行走的结果
穿过一栋建筑，一片开阔地
一个篱笆的缺口，一段镶着麻石的小径
一截地下通道，一座小桥，几级台阶
我迈着异乡人的脚步，新莞人的脚步
和主人翁的脚步穿过广场
不去践踏草坪，并且钟爱树荫

保安在四处转悠
清洁工阿姨和浇花的大叔正在忙碌
花坛里的玫瑰悄悄开放，灯光彻夜不灭
天空中的星星面容暗淡
——我千百次地穿过广场
肯定有一脚踩痛了广场
不知它是否记得这个年轻人
神色匆匆，模样冷峻

我试着加入大海的弹奏（四首）

卢卫平

城堡

我只在大海退潮时
在沙滩上修筑我的城堡
我知道，大海会在涨潮时
带走我的城堡
但我乐此不疲
我爱大海
我愿波涛每个瞬间的骄傲里
有我一生的徒劳

我试着加入大海的弹奏

没有人能在沙滩上
将黄昏的脚印留到天明
住在海边的日子
我每天黄昏都到沙滩上走走
我留下的脚印

是大海涨潮时
波涛在沙滩上要寻找的琴键
我试着加入大海的弹奏
我听到的涛声
总是美妙无比

我后悔让这块石头开花

我敲开这块石头
我将一块大石头
变成许多小石头
叫作石头开花
石头开花就是石头开口说话
可当我看见一个个
跟着大风的脚步奔跑的小石头
在风停下来后也沉默不语
我就后悔让这块石头开花
我能忍受一块大石头
长久的沉默
但弱小者的沉默
总让我感到惶恐不安

分离

酒瓶睡了

桌上只剩下我和骨头

我听见被锋牙利齿咬过的骨头

张开伤口说话

它没有恨我，它向我问好

它劝我出门在外要少喝酒

夜深了，别凉着胃

别在路灯下看自己的影子

它怀念起和肉相依为命的日子

那多么幸福，虽然是在乡下

虽然只是在一只瓦罐里相遇

它是什么时候学会普通话的

但我依然从它的卷舌音里听出乡音

是我和几个乡亲的聚会

让它骨肉分离

现在，乡亲们走了

也许永远不再回来

我们谁是骨头，谁是肉

我们在岁月的噬咬下

骨肉分离后，有谁能留下来

听听我的骨头用方言拉几句家常

初春，想起北方的树（二首）

杨于军

初春，想起北方的树

每当南方的树木褪下枯衣
换上新装，我总是想起北方的树

印象中的杨树或桦树
无论是华北、东北还是西北
站在积雪里
即使在林中，仍然显得孤单
也许冬天太长太久
还僵硬在自己的思想里
需要风的不停摇晃
才恍惚回到人间

有叶子的时日少得可怜
色彩像节日的装点
舞会上没被邀请跳舞的人
那么难为情

辑
一

短暂的欢愉有些不真实
也许干枯才是它们的常态
没有见过南方的树
甚至不曾梦见过
不知它们可曾
羡慕过南方的同类

和我一起
在寒冷中长大的树
高直，沉默
早已成为我惦念的亲人

大王椰子树花

台风前
可能跌落的都被提前取下
包括大王椰子的枯叶鞘
像竹笋的卷叶

无数次经过，只注意它的灰白树干
很少仰视飞羽状的叶子
更不会注意十几米处
麦穗一般的花束

此刻它们堆在地上
就要被垃圾车运走

或带回家做柴火（我希望是后者）

平视是最舒服的姿势
也限制了我们的视野
偶尔的颠覆，让众生平等

拍摄这些花，想起那些
常见、只是点头微笑
从来没有细看的人

给自己的一个地址（四首）

谢湘南

午夜路过 113 路公共汽车总站

鳄鱼也有打盹的时候
这些疲惫的车就像疲惫的人一样睡着了
这些在公路上霸道得很的庞然大物
像婴儿一样睡着了

它们齐整地躺在停车场上
它们的肚子里空空如也
它们将吃进去的人
都吐了出来
它们此刻
连鼾声都懒得发出

一盏探照灯照出它们苍白的梦境
梦游的车与梦游的人一样
是城市的孤魂与野鬼
它们不愿加入
它们有着纪律

它们信守时间的发条
罢工的幽灵没有找上它们，它们只是
蜷缩在夜雾里的平头百姓

钢铁只有吃了汽油才会莫名地兴奋
这些僵尸，就是这个城市里多数人
身体的一部分，它们承载着你我
像廉租的大腿嫁接在我们匆匆上班的旅途
如果不被长时间堵塞在路上
它连焦躁的情绪都不会流露
它们任由风雨，任由暴晒
将哮喘的职业病传遍城市的大街

而此刻，它们睡着了
像这个城市的大多数人，抱着死一般的沉寂
看不见自己的呼吸，像失忆的族群
被自己遗忘，死守着乌黑的轮胎
没有凶狠的表情，没有刹不住车的尖叫
没有意识，没有亲吻

那些依偎的人影，那些被吹拂的相爱

在深圳湾公园，入夜的海风
吹拂每一个人
行走的、站立的、静卧的
遛狗的、逗孩子的

207

钓鱼的、摸虾的

我看见一条长椅上

相依偎的人影

以为是热恋的青年男女

走近了才看清

是一对老人

老太太躺着，头枕在老头的大腿上

老头的手还抚着老太太的脸

他们穿着类似保洁员的工服

他们静静相视，吹着海风

用不语，为海风保洁

他们那么老，那么平凡

又那么相爱

再现

有时下班早，我跳下拥挤的公共汽车

七点的公共汽车，从公路的这边过往

那边。我走上一座

人行天桥。小贩们在售卖季节

吃的、穿的、用的、住的、学习的、娱乐的

室内的、室外的、床上的、床下的

这一切，在喧闹的暗影中

闪亮起来。如果城管不来，这三米宽、十多米长的

天桥，就是哈着热气的彩虹

自由的车流有相对的方向

它们在男男女女的胯下
将疾速运送

有时下班晚，十二点钟，我跳下
拥挤的瞌睡，从公路的这边过往
那边。天桥上只有寒风在吹荡，桥下
穿行的汽车比寒风快。我走着，脚步也
加快了些。小贩们都不见了
热气腾腾的、半明半暗的面孔
都不见了。臭豆腐、水果、手机贴膜、充电器、衣服
皮包、鞋子、头饰、枕头、玩具、碟片……
这些魔箱中的话语，混杂着的潮润气味
都不见了。有汽车在桥下通过
装载着一个城市的颤抖
穿过我的脑海，那是颗巨大而渺小的子弹
它射向我，不可触及的
光亮处、黑暗处、柔软处

给自己一个地址

我在一个空白信封上
写下一个地址
我给自己写了一封信
内容空白
我多么渴望与自己交流
只言片语的生活

时常被打断
莫名其妙的人，莫名其妙的事物
这世界很多，很多

我相信这世界上
还有另一个我
那个我安详，从不焦虑
那个我智慧惊人
可以给我现实的愚钝
一些指引
那个我从不说话
比起我现在的寡言
他更坚定

我在一个空白信封上
写下一个地址
我相信另一个我
就在这个地址里居住
或许我
就是地址本身
我也相信
我现在的疑惑
我写下的这封信
还需要我　奔赴过去
亲自收取

在这座城市打工（二首）

侯志锋

看注塑机的女孩

她用左手开门
右手拿出产品
飞快
她取下刀片
闪快
手上的产品边缘布满披锋
转眼变得光滑
锋利的刀片挂在她额前的机门上
与她的眼睛对视

那把小小的刀片
有时候削去她的指甲
把她的指皮磨见血丝，然后长成老茧
刀片挂在一块小磁铁上
刚来的她心惊肉跳
机门一开一合
模具一开一压

车间里"叮当"声一致或不一致地响起

锋利的刀片好像扎在她的心上

"这么笨，连披锋都披不好"

刚来时师父这么训她

现在车间里嘈杂的声音变成了甜蜜

机器的叫声是唱着欢快的歌

她的手飞快

机器的关门开模声飞快

她脚边的排水管引向污水车间

而她脸上的汗水

去兑换希望

50 度角

她坐流水线

她坐的位置她说是 50 度角

流水线两边坐满了员工

整体 360 度，她说

她的任务是在线路板上插 6 个扁仔

流水线水一样流，线路板汩汩地汇入她的怀抱

载着她插的 6 个扁仔。船上的 6 只帆

她们又流向下游

她坐的是 50 度角，她说

她的位置换来换去
春夏秋冬。无论什么角度
在她眼里都是 50 度角
她不光插扁仔电容器，还插水桶电容器
有时候插电阻器，有时候插 IC

流水线是 360 度
她说她坐着的是 50 度角
有时候被拉长训，她想顶嘴
语言又潜入心底。有时候同事有意见
她想辩解。语言又潜入心底
流水线是 360 度，她的语言只处在 50 度角

她看到窗外的阳光
照进窗口，形成 50 度角
有时候面对怒斥，她也想倒出心里的 360 度
像流水线一样释放飞翔
但话到嘴边又咽了下去
换成一张笑脸

她受的委屈太多太多
她眼眶的 50 度，不能盛下多余的泪水
它们只好往心里流
那些委屈，转眼变成家乡山上飞来飞去快乐的小鸟

洲（三首）

黄双全

我缺席秋天的分配

又一个秋天过去，那些精彩的呈现
就这样精彩地消失。整个过程
我没收藏、遗弃或选择性忽略什么
也没掠夺、毁灭或特别厌弃什么
唾手可得的果实，我习惯站在它们的左边
常常，我缺席秋天的分配

没有什么需要表达，也没有什么失望
我唯一要做的，是把逐渐变浅的流水
补偿给大海，让它们一息尚存
整个季节，我都在海上航行
那些整体的蔚蓝和细小的白，彼此翻转
其实都是我中生出的我
落日浩大，大海一如既往，在摇晃中
消失一寸，又长出一寸

凝视

从黄昏到黎明，我一直凝视
插在瓶子里的花朵
它们不知自己已被折断
与本身分离，却还开得那么认真

从黎明到黄昏，我一直凝视
剪刀修理过后
花枝空出的部分
风用各种努力，也未造出合适的形状

洲

水不会轻言静止，我们不会轻言
停下。胳膊上的青筋，暴凸如
峭壁上的老藤
以石铲木锨为桨，往前划呀
险滩、漩涡漫过头顶，生死毫发间
不存在幻想的方舟，海豚般跃出
海豚般钻进滔天巨浪
爱我们的女人拍打腰鼓，激情高过洪水
我们划呀，熟识了水性

在水草肥美的地方，筑城，垦殖
日升月落下的家园，有牛羊高粱稻菽

215

芦苇和关关雎鸠。风里，诗词飘香
雨里，琴弦清扬。集市、贸易
在一个城与一个城之间取长补短
河水清明，我们打造更大的船

根扎下的地方，深固难徙
以不同的姓氏，取一个共同的名
——洲，繁衍洪水诞生的子嗣
当他们看到头上的旋，便会认作一家人
便会一起划呀，往前划
而我，在一场不大不小的风雨中
用一根扁担，驾着父亲准备的独木舟
向南，向南……
一直划到喜爱糖水的广州

都市村庄（二首）

蒋楠

稻田画

农田像一幅油画被犁耙润色
倒灌的河水，映照一方水土的民俗与历史

时间钩悬在叶鞘上，仿如濂溪先生
在荷田边吟咏成的一段古风

稻穗自带光芒，筛匀春耕与秋收
时节的辞令像邻家女孩藏不住的秋波

每一次低头或回眸，都会引来一行白鹭
鸣唱赞美诗，稻香四处飞散

赋予宗祠和古村多彩的动词
天空打开滤镜，一帧帧绿色图画

从梦境的缝隙里流淌出来

沿着田埂延伸乡愁的后现代主义路径

我们在餐桌上分解颗颗谷物
犹如消化一组组哗啦作响的语汇

当词库中的谷类植物在良田长出根须
挪空的村庄唤回另一群归人

都市村庄

步入异乡的某个故事情节
行囊中的山峦与城池里的假山
仿佛已经置位，林立的村落
分散视线，燕雀从花草的梦里醒来

村民潮水般涌入城镇，田野
更加寥廓，建筑工爬上云梯
眼里漫出诗性的绯蓝
脚手架替代高挂的犁耙派生耕读意义

年轻的女工在流水线打捞起
从村口走散的春暮，制造
连缀生活与想象的章节
像蝴蝶一次次飞临时光的镜面

风中的民谣或美声
把辽远的山崖变成抽象的喻体
岁月起伏，窗前垂挂远村的基因谱系
一湖东江水煮沸漫天星粒

在高铁上（二首）

叶秀彬

在高铁上

高楼间穿行的灰鸽子
它们去哪儿了呢
我用心观察
钢筋与水泥砌成的城市
像脱去羽毛的小鸟
在列车轰隆隆的前行中往后退去
在铁冷的视线中
寻找遗落的羽毛
寻找曾经温馨的记忆
徒增眼前的一片模糊
但岁月不只眼前的模糊
且饮尽旅途一杯苦酒
就像当年在南下的列车上
即使分辨不准远方
仍然一直往前、往前……

陈设

风起了。把回忆碾成粉末
倒入一只茶杯，一截灰烬跌落下来
额头的皱纹，映照半生路径

那场秋雨日夜兼程
下满三十八岁后的人生
南下的列车，浩浩荡荡
如生命轰轰烈烈而来
广州火车站，忐忑的脚步
走进嘈杂的人流
十多年，南方生活
陈设在命运突然掠过的风景

那场雨还在下。连着岭南
漫长的雨季。钟楼潮湿的声音
随烟圈褪去，岁月静止在
一张发黄的旧照里

风过梅林（三首）

甘红

风过梅林

你来后，梅林山就变了
树绿得深深浅浅
枯叶如蝶如花
淡墨亭发出墨香
几只蚊蝇挡在我面前
讲些道理，听过千遍万遍

你走后，风也变了
总携着你的呼吸
蛮横入侵我的荷尔蒙
吹着陶笛上山
这日夜匍匐在我背上的知音
用苍凉，探一探空谷的回声

这个暖冬，虫蛇仍在出没
和一只马蜂狭路相逢
它的巢和鸟窝仿佛一个模样

我已日渐近视
只听得见风，吹过梅林山峰

从梧桐山到仙湖

我们走在注定的路上
红尘那么拥堵
有人插队有人超车
有人折返直接踏入终点
我们决定前方绕行

从梧桐山去到仙湖
需要翻山越岭
这是一条朝圣之路
我们用匍匐的姿态
朝拜大地和蓬勃的生灵

站在历史的酸枣树上感受童年
在根抱石前感叹生命的力量
空气中有小溪流淌，灌溉万物
和一串串挂于枯枝的空气凤梨
生物在各自的位置张扬生命的权利

自然之手雕刻着地球之美
极力修正人类刻下的一刀刀败笔
从一节树干，一个树蔸

一朵花，一片叶，一株草
到一条路，一湾泉，一面湖

山是湖的母亲
沿着山丰盈的血脉行进
可以抵达神奇的造化
阴生植物也可以攀上凤凰树
和阳光下的三角梅一起怒放

如果你来，请用欢笑稀释红尘
用音乐和诗歌供养山湖
在温柔的目光注视下
没有一朵花白白美了
没有一只鸟白白飞了

攀登到顶为止

上山，你是轻巧领路的海燕
呢喃着剪开风凝滞的路
那些推着石头的人，没有退路
俗话错，上山和下山一样不易

翻越自己，与地心引力对抗
绝不由着惯性任性地滑行
只要站立，就在撕扯的边缘用力
把对天空的向往带到制高点

风来了，石头歌唱着滚上坡
停在梅沙尖的峭壁，俯视
海诱惑的身姿，晃动
灵魂静默，忍住尖叫的冲动

水濂湖公园，山水之间

姚端端

从闹市走入桃源，山水之间
浊世净土，何必隐入尘烟

牛牯岭、大埔山、飞地山
两千一百九十三亩土地足够眼眸和心灵游骋

黛山遥塔，与湖水相看不厌
蓝天和草坪之间的卷轴，写意山水无须笔墨

鹭鸟在湖面的注视中伸展
并不在意你艳羡赞叹的目光
滑翔，临摹风的曲线
它的愉悦你不能完全理解

环湖徜徉，路有尽头
朱槿、三角梅、木芙蓉、野菊花怒放
蜂蝶飞舞，丰盈了层峦叠翠的隐喻
采撷芬芳，人生的春意从未消逝

绿道蜿蜒，检阅朝阳与晚霞的诗篇
奔跑而过的脚步记录四季晴雨
生活的谜题不必急着解开答案
探索的过程是生命的证明

无意做一个闯入者
诗意栖居，不必遁入幽谷
在都市里的南山，拾取一瓣心香
奋力扬鞭，喧嚣的尘世我策马奔驰

咏而归

于姜涛

那年，你驭着北国苍黄

长发尽染岳麓山顶的初秋

跃马广州东站

斜阳下风满素衣，携友人

击节，豪饮，短歌

目光升腾

漫天木棉

那是无数交叠的红色野马

那是銮铃声激奏着九月风

出东站，同伴却丢了

呼喊声陷入人群的粥

你负气转身

毫无征兆，跌进了那嘶竭的呼喊

醒来，惊得一身冷汗

浸湿了游子寻找马桶的夜梦

珠江上夜色颤抖

霓虹使劲挤过朱阁绮户

光谱上写满杜工部的半世遭遇

你放下春韭配黄粱的外卖，伏案

读狄更斯，隐约小雨

木椅润如玉

东坡夜饮归来，与你再饮

无数个名字纷纷跃入酒杯

盘中盛满诗句的残灰余温

你的脸庞砌满了岩石

半生冷眼

一杯愁绪

早已把青涩雕刻成了苍颜

黑夜说，白昼赢了

文字说，内脏赢了

你扶着东坡说

人手一张的漂流清单，赢了

展开那张湿漉漉的清单，残留的

一些人，一些事，一个自己

湮没的

一些人，一些事，一个少年

凄凉真好

远行真好

只是那些湮没的

让你不解，让你不甘

于是你捧起那龟裂的字迹

硬生生地从裂缝里挤了进去

巨大的时空旋涡卷起

无色，无序

无限延伸的另一个出口，正值旱季

江边野荆棘燃着青蓝

你伏在泥土中写歌

乌云绽放在枯瘦的树梢

树梢上奔来烈马，不出意外

你还是选择跃马广州东站

执缰，执卷，执木棉花的蕊

蹚过昼夜奔袭的珠水

滂沱大雨中纵马

泥泞夜色下独饮

倥偬，踉跄，长啸

夏花失魂，剑客落魄

天时地利像一场等待戈多的闹剧

原来，拳头也有尽头

原来，宇宙是面面相觑的湖

原来，叹息是一种长歌的余音

余音散入夜色，你倚着来时的路灯

掏出一张泛黄的清单

踏着文字缝隙中的千年乐府

咏而归

打工是一条江（三首）

罗德远

在生活的低处

脚印纤细　一路寻觅

一只黑蚂蚁　一千万只黑蚂蚁

搬运粮食与光阴

笨拙坚韧

我泥土下躁动的蚯蚓兄弟

锲而不舍　为梦想打洞

浑身浊泥

可是撞击命运迸溅的泪滴

在生活的低处

一群乡村女孩的憧憬和未来

被广州火车站窥见

在生活的低处

到处是努力向上的姿势

一缕乡村的炊烟　钻出泥土的小草

城市奔走的少年　悬在大厦半空的"蜘蛛"

在生活的低处

辑
一

大片卑微的青春赤足在泥泞的大地
成群结队的根坚持自己的歌唱呐喊

高处是向往的天堂和街道
整洁明亮　霓虹闪烁
偶尔俯首
捡垃圾汉子弯曲的身躯
城市下水道深处的暗影
更低的低处是压低的目光里
闪光的春天

我从未与生活为敌

天空何其高远
大地足够辽阔
一缕来自乡村的风
一只彷徨的黑蚂蚁
我的天真
从未与生活为敌
也从未被打败

作为流动的风，必须奔跑
作为觅食的黑蚂蚁，只能蜗行
我从未与生活为敌
只是为了绕到生活的背后
将其拦腰抱住

直至目睗
大地已被我踩在脚下
天空其实一直在原处

打工是一条江

打工是一条江
从长江到珠江　你一直
沿江流浪
用汗水收割远走的青春
岁月在滔滔江河里流淌

足迹重叠着足迹
伤口重叠着伤口
青春的履历背负青天
什么样的言情能代替
疼痛却幸福的命运
只有那昼夜无眠的涛声
洗濯着风尘中　不倦的身影

沉落的是往昔
如昨日黄昏的月色
面对往事的怅惘
你不断虚构自己
好兄弟　就饮了这杯沧浪之水吧
让它暂且搁浅你漂泊的流浪

明日又天涯

当迟暮的老人

在异乡等待流云般久远的话语

你仍用露珠照亮生命

用感动拂拭天空　笃信

向往是不断延伸的急流

留恋是布满荆棘的写真……

我从秋天来

蒋厚伦

我是从秋天里走来的
从拂晓前的黑暗里
一束光指着前方
将我孕育了十月之久的啼声唤醒
母亲隐忍着巨大的疼痛
至今不说

我刚落地就看到金黄的麦子
像一串串烤羊肉
在瘦骨嶙峋的黑土上
点头哈腰
母亲常常笑我傻
笑我像隔壁旺财叔家的狗一样打滚

农人起早摸黑的身影伴了我整整二十年
从炎炎盛夏到累累深秋　从东往南
城市的汽车和花园在我成年后不断交织着
并改变我的视线，模糊
模糊成影

辑
一

于是常常在梦里惊醒
在席梦思上一跃而起
在十六楼阳台找根晾衣竿，梦游着
出门挑水去

现在我还发现自己常常迷路
在市区彷徨，在高速上茫然
分不清立交桥和田埂的明确指向
有时看见戴白手套的交警左右挥舞
便仿佛看见镰刀霍霍下麦子成片倒下的
旺财叔

我大致一年回一次老家
或者两年三载
有时半年杳无音讯
人在江湖的日子是被乡音隔离的痛
母亲从最早请人写信到现在常常握着手机
常常一整天
等它叮铃铃响

我很想在这个春节回去一趟
最好在开春前
这样或许来得及赶上旺财叔的七十大寿
顺便帮母亲在手机里添上微信

海事（十首）

晋侯

浪直接诗

一直在沙滩上走，浪排列到脚下，无数词汇才能铺设到远方。安静地积聚海的单声调。词汇被一直使用，有的陌生，有的存在字典里，也随口说出，表达不尽却也梦到空洞。没有名词，非动词，请放下形容词，摆脱语言限制，让意义喊出来，用极少见的单音节，意义匿身，只有自己决定耳朵服从眼神的暗示。诗要直接性，动词就是，却不能用太多，节奏是韵律，动词越少越难找，帮个忙，个别动词会伪装成名词，让人迷惑。不急于命名，先罗列下来，在名字里找一个准确无误的直接的，也是被动的，单音节。将沉香，雄黄，牛犊，天河，想到的名词组成一句话，借叶芝的螺旋状象征主义，借格利宾的双螺旋形态，吸走名字的温度，蜗牛在雨中，敬畏身体先于灵魂到达，它为何这样。缓慢观察，缓慢行动，缓慢选择变现，将选择词汇的时间量用到极致。

莲藕

说到时空不如说距离，隔河相望，说到人不如说人体，错位之美，说到自己不如说你，水里捞起莲藕，说到你，不如说每一节都有闪耀，都有光芒，在黑暗中都鲜亮，年糕刚出笼软黏恰好，年轻人不会在河流左岸踌躇，挽起腿一样的莲藕。

科特萨尔

你有《游戏的终结》吗，有，最好看的是《毒药》。

你是戴眼镜的妖精

提前送两滴泪过来，免得我死了看不到鳄鱼，求救只是天上两滴雨，藏在乌云背后也行，雨是黑的，地上的光泽是人间返照。

我努力打扮得像个人

空房间还有房间，所谓空是人走了，人是空，在空里醒来，我走了多久，又以返身告慰，陌生人掏钥匙，一声不响打开先前敞开的门。

关系

石有两色，黑红，一直绵延到海底，石成长为礁石，被浪敲打，是熔化时决定的，先前石还是尘，每一颗都是独立的，他者与我。

在我们中间的门槛

深夜沿着沙滩走，脚丫咸味沾满沙，在巨大潮水到来前，在月亮退缩海底前，在遇大风前，在见渔火前，不知道会走到哪里，时间与空气都是距离，沙子和盐在距离内部，执着于一捧沙子，捕捉空气里的盐，对我来说太难，事物寂静状态称之为美，动起来可怕，一粒沙都抓不住，一点盐都化入大海。

大海大事

空缺整个夏季的海，突然出现一艘船，出事了，距离那么远，是走偏一只，很快海面上点缀满，都闪着生鱼片上的金属光，出大事了，惊动大海的事，够大，我有点激动。

午夜疾风劲雨

喧哗内部干净如海，有一致性的音质。

重复枯萎

看着一枝花枯萎，籽粒落地，想到那人离去，连声音都不曾存留，若有相同，捡拾着黑色的籽粒，重新放回土里。如果我死了，你把这块土地拍掉，那是生命表皮，掩埋着真相，我们种过花草，等着种灵魂。

凤凰花开（四首）

袁仕咏

雪

水濂湖，一望无边的水
没有一滴，是雪的儿女
没有一滴，见过它们自己
白发苍苍的祖母

雪，总是从湖南
蹒跚着走到粤北五岭就走不动了
她老了，她竭力想往南挪动
却被湿润的风推着往回走

只有我，是雪的亲人
徘徊在水濂湖的绿道
看见落叶起飞
看见芭茅草白了少年头
看见红灿灿的木棉花燃烧后
漫天飞舞的白棉絮
模仿了一场温暖的雪

凤凰花开

这一群热烈的火鸟
在水濂湖边的树梢上蹁跹
它们跃跃欲飞的样子
它们吐出的火
点亮了湖底流动的云霞
一只翠鸟在暮色中打坐
只有它有足够的耐心
等待这火鸟,浴火重生

凤凰花,这浴火的小凤凰
在南方城镇随处可见
在工业区、高铁站、码头和街道边
它们一团一团的簇拥着绽放
或者,独自发光
它们坚韧、热情
像心里闪烁着火苗的异乡人

这是我喜欢的花
哪怕扑落一地
也是一地燃烧的火焰

蛙声

音调沙哑,却有穿透力的

241

该是牛蛙。它们在沟渠里戏水
一吸一张，鼓着全身的劲
声音清脆的，是青蛙
来自湖畔的沙滩或水草边
欢快而富有节奏
蟾蜍也忘记了自己丑陋的容貌
扯着喉咙，一声一声
像老人讲古，迟缓，低沉
春天又到了
水濂湖蓄了一湖的水
也蓄了一湖的回音

只有春天呵，这群流浪的蛙儿
才成双结对，歌颂春天，享受爱情
动物们的爱
有时恣意张扬，让人脸红

蚯蚓

我讨厌，它们滑腻，柔软
并伸缩自如
这和泥匠、钻营者和软骨症患者
它们，也是春天的一部分

好几次，在生硬的水泥地板上
我看见离开了土壤的蚯蚓

它们茫然、挣扎、惶恐不安
遭遇驱逐，为虫蚁所欺
有一些最终葬身蚁腹

或许每一条蚯蚓，都幻想过
长一身坚硬的骨头
想起自己离失故土蝼蚁般的奔波
我瞬间原谅了它们
油滑和蜷缩的求生方式

一首诗的煎熬

曾令阳

我把所有词语关起来
酝酿三个季节
春天开封时，醉一回

我把所有回忆
凝成心河
东风吹来时绿了两岸

我想搜集世上最美的语言
为你写一首诗
却发现文字仓库被洗劫一空

我问云问雨又问风
把岁月编织成梦
在梦里追寻你的行踪

我爬上山顶对月倾诉
把泪交予秋风
你的名字，是我一生的痛

站在平台看风筝

黄廉捷

接近深中通道建设平台，接近真实的你们！

—— 题记

一

远处，山在笑，似一片薄布油画

流动的水与希望一样，早被人凝结在血液里，那是细长与巨大构成的金色水岸

这里的夏天，没有冬天可爱

早晨更早，缕光与劳作者旋转而起

远处的水，张开翅膀，黎明让眼睛与模糊写上告别语

交通船贴在光线里，水在另一个空间里回响——与机轮声回响

船在画着一个自己设定的图案，画完立即消失

头重脚轻是晕船者的专利，有些人向往平台的沉稳，如陆地上的安定

无数个早上在消失

摇晃的正午，为海面洒上一片光点

浪声，打开箫管轮番吹响

远处稀疏的船影，与挂在远边的高低群山相互交织

引桥似一条长长的跑道，它把海的曲线拉入人眼

锚锭借助发动机的响声，指挥着一个又一个风的走向

——如果风的地图有字，必定会标注这里的光点——带着风筝肖

像的光点

一阵又一阵的风，与桩管结合——这里是它们的旅馆

水的荡动，掌握着漫游的幸福，制造出粗壮与光滑的成功之物

船只在晃动中航行，风筝在春天里航行

依靠着等待，——最细的线也能拉得老长

你见，掠过的海鸟收集地平线的回响，它知道

水底的鱼儿正鼓着圆肚观看奇迹的诞生

一些人，听着海风，在平台集装箱边与海水同行

在混响的吊机里探索，在桩管的下沉中处理激情

——多少日与夜，都是这些布光者为时光缝合

为海上绘就平滑的线条，慢慢织结

光的边缘，从海水中捞起无数的落日——熟了的落日

当我们还在欢声笑语地生活时，平台身体又长了一节

一节有多长？眼中的长——心中的长，光

筑成向往春天的歌，记住当日海面上的漫长

二

一天有一天的希望，工程船，钢筋，桩管，沉台，柱子，焊接，

墩身浇筑，都会成为记忆

海以斑斓收集完海风曲子后，与一根根铁条、一块块钢板合成
一体

这些人，这些布光者
"我是做桥的，对水有一种特别的亲切感。"
——远处波光粼粼的海面
"当时这里除了水外，什么都没有。"
——大大小小的船只，帆影片片
"从打下第一根桩到现在，我从未离开，春节都没有回家，有一
年多时间了。"
——偶尔迎风飞翔的海鸟不时在眼前掠过

三

是夜，是风，是船只——惊动了海浪
静态的夜，在海上拉满窗帘，想听到喧嚣的心语
心灵有无法想象的远，可以放于千里之外的家乡
家乡的夜——没有这里生动，无法让亮光幻成欢乐的表情

海浪见缝插针，以闪烁的光泽转动图景
风筝成长的声音沉入水底
不是所有人能听到成长的声音

珠江东岸上无数如眼的灯火，望向水面，望向海岛，望向这里
珠江西岸的楼房把光从荡漾中送来
一个夜晚，总有无数的梦，梦从这里飘向云天外
水与山，在梦里相见，星星在夜空滑过水面

——海的响动，像马匹腾跃

——可以预见的奇迹——编织的风筝正从摇篮里放飞

我们，等待风筝美丽的身影

立冬日的瓜岭古村

胡红拴

今日立冬

薄寒里品味瓜岭的风情

一条瓜洲河绕村而过

远山的青黛

水墨勾勒

诗意与远方，一瞬间

尽入惊呆的眸群

我颇依恋那些成排成林的荔枝老树

遒劲的枝干

竟然也会弄懂自然的美学

水道畔一字排开的古建，聆听着

宗祠上传来的一阵阵精神的风铃，猛然

就想到了百年之前

三桅船风浪里漂洋过海，谋生

一代代瓜岭人远赴海外

七百人的村子，竟有

两千余的海外至亲

一座侨文化浓郁的村落

宁远楼的诗篇

彰显着骨肉相连的神魂

书声琅琅

古街上惬意行走

狭长的麻石巷

脑海的意识

又一次信马由缰，恣意狂奔

棠荫楼的记忆

也许还有那些岁月里的风雨跌宕

眼前的丛绿

清风里品味

岭南的温馨

潮汐树

黄萍

生命的潮汐涨落
神经是树，血脉也是
我的呼吸游走在每一寸末梢
岁月涂抹的沙滩上
每一颗沙砾的形状，是我来过的印记

涨潮的时候
收获鱼虾、珍珠、快乐、成就……
潮涌退去后的滩涂
却只余一片狼藉

父亲的手掌也有棵潮汐树
他固守的那片沙丘，我魂牵梦绕的乐土
终有一天，那棵树交到我手中
沉甸甸的重会将每一节枝杈
碾成年轮

命运

曾龙

一月散了雪，
城市的颜色失了季节，
马路不再需要向繁闹借，
你浴出了纯净，
它浴出了告别。

灰色在流动，
白色的血，
静默刚凋了歌喉，
海浪又淹了一切。

人是一色的船，
不问主宰是什么样的波澜，
若是做只忘了自由的海燕，
你颠覆了边界，
却颠覆不了什么叫作大海。

广州的冬天（四首）

盛祥兰

广州的冬天

傍晚，我在窗前站了一会儿
十二月的风忽然有了另外的主张
它在飞速旋转，想用速度
制造出一些冷气
来安慰这个没有冬天的城市

此刻，在我的故乡
正发生着一场雪的灵异事件
这里的每一片叶子、每一朵花
都没有受到惊吓
它们仍然不合时宜地绿着、红着
完全不顾及冬天的感受
它们终其一生都不会懂得
雪花意味着什么

253

广州南沙天后宫

海浪日夜拍打着礁石、沙滩
也拍打着自己
它要拍打多少次，珊瑚才褪去棱角
它要抚摸多少回，贝壳才如此圆润
它要亲吻多久，黑夜才不会犯困

有时，它像愤怒的狮子
饥饿的石头
有时，又像欢乐的鸽子
置身于一段无意识中
更多的时候，它沉溺于
一次次的拍打声中
在自己的声音里
听出了万物的寂寞

珠海共乐园

"开门任便来宾客
看竹何须问主人"
那些踏梅而来的游人
脚步止于斑鸠的一次惊起
它褐色，忧郁
慌乱中将影子丢在了原地
每一种速度都来自底气

比阴影更调皮的
是人参果斑斓的腰肢
一次晃动就能让桃花心木
说出自己的身世
这些来自异域的精灵
在此潜伏了一个多世纪
如果一定要真相的话
就去触摸它们的皮肤
每一道褶皱都是小玲珑山馆的历史

就仿佛这个春天
它们刚刚用枝头上的绿
愉悦过游人
再也没有比沉默
更能表达这些苍老植物
对幼年的回忆
如果在清晨有人轻易叫出你的名字
一定是主人又回到了这里

珠海会同村

一个老人与一棵榕树坐在一起
没人分得清哪个更古老，哪个更智慧
每一阵风起，他们的须发
都呈现出飞的姿势

255

但表达的不是同一个词语

一棵树的命运

就是一个人的命运

也是一个村庄的命运

很多时候，我们愿意向一棵草

学习生存的技艺

那单独的一棵

深陷灰砖青瓦夹缝中的蒿草

不悲不喜

与周围环境形成完美的对峙

也许对于从前

它有自己的意见

如果在三街八巷迷失了方向

记得找雕楼上"风起""云飞"字样

然后左转、左转，一脚迈进了清朝

莫氏祖先的门敞开着

进进出出的都是新人

没人注意，挂在墙上的主人

多么享受他此刻的沉默

种子

张先州

每一次站在洋荷坡上
我都需要鼓起足够的勇气

红薯、土豆、苞谷、萝卜
这些接地气的种子从泥土中伸出
她们胖嘟嘟的小手
向挥锄的母亲打招呼
我看见母亲那皱纹深深的额头
一次次舒展开来

而漂泊的我
也是母亲撒在尘世的一粒种子
却让她的心一次又一次
收紧，再收紧……

31 区的夜晚（节选）

叶耳

6

单车从一道斜坡上翔来
看见旋转的风和吹拂的头发
浸润在转弯的速度里
东二巷，这里住满了夜晚的方言

偶尔有猫的叫声
把一些女人的身体唤醒
唤醒。我喜爱的颜色
都盛开在家乡的山坡上
以及只剩下了回忆
和大地亲密无间

哪种秘密可以像你的眼睛
作为存在我得记下这样的声音
男人的骂声。女人和孩子的哭闹声
打架的声音。搓麻将的声音。咳嗽声
炒菜的声音。小贩的叫卖声

门铃声。电话声。手机声。
当然，还有做爱的声音。
我也许还听到了另外一种声音
我无法确定
它是由什么发出

我必须把今夜分开来看
我假想了这个夜晚的描述
另外一个无聊的我正在街上
和文身的男人们混在一起
而此刻，月光坐在房间里与我交谈

7

她们都在春天之前
经过我此刻的家乡
她们比我更成熟地懂得了
岁月和思想
我和我的路途
在这个夏天
在一个人经年沧桑的语言里
照见药香的脸

许多的事物
许多的歌声
许多的所谓爱情
都在别人的怀里

城市的夜晚

因为真实伤到了我

开始变得陌生的镜子

会照亮

从酒吧和游戏厅里走出来的你

从网吧和夜总会走出来的你

从洗脚城和桑拿中心走出来的你

从 KTV 和的士里走出来的你

从一个人的电影院走来的你

这梦境般的天空和道路

他们一个都不认识我

我知道　我必将在夜深之后

经过我叙述的背影

回到熟悉的树枝下

和衣而眠

被我看穿的幸福

像昙花

匆匆一现

这个世界

有谁肯为一个陌生人

痛哭一场呢

我一定老了许多

这是真的

经过我身体的事物

江飞泉

多年以后，那些经过我身体的事物
都将变得无足轻重
它们变成钉子、水汽、稗草
或无法躲避的尘土
它们秉持着各自的秘密
我无法罗列所有：五百毫升的矿泉水
被刮成薄如雪花的龙利鱼
浸泡在梅子米酒里的绿蚁在浮沉
它们，和我一样本应拥有壮阔的人生
我俯身于土地
试图寻找它们经过我身体时的伤痛
一片轻盈的光掠过我左肩
一只蜗牛正朝我呼啸而来

我是在别人脸上看见了自己的风霜

陈曼华

日子像温水一样煮着
深圳没有四季变化
岁月仿佛是静止的
我以为自己也是静止的

我是在别人脸上看见了自己的风霜
心闪电般深深地疼了一下
我深知
对你有多心疼
自己的风霜就有多厚重

每个日子
都是激流是漩涡是掠夺
我们每天交出生命的一部分
岁月为我们刻上一笔
随意却从未缺失
那记录终会让我们刀痕累累 面目全非

如果你也有一把刀
轻轻地拨开岁月堆积的颜色和形状
你会发现我心依旧
只是已没有人在意这个细节

拆

李斌平

电锯声那么大
振动泵的声音那么大
拆模板的叮咚声那么大

此刻，正临近中午
楼道里陆陆续续
走出来几个戴安全帽的人
他们将整栋楼的嘈杂声
一点一点拆除

他们绕道从小河中涉水而来
水那么浅，流得那么急
他们的身影，被流水拆除

花地

刘绍文

广州城西南
明代的种田人怎么想得到
当年一把旧铁锄刨挖过的草滩地
它的平直抑或锋利的光影中
野茅成片倒下，芦苇栖身的泥泽
长出了素馨、茉莉花

河石是香的，河风和渔火也是香的
歇脚的挑夫的热汗，路过的鹭鸟的浅鸣是香的
夕光渐冷，打鱼的老汉坐在门前修补渔网
花语随手指穿过烟波
落魄的读书人习惯温一壶家乡的米酒
让愁绪擦亮肥沃的花埭

那个花一样随母亲采花的少女
将最新鲜的素馨、茉莉、春兰插入竹篮
柔软的河风吹送她美妙的花歌
一直缥缈今日的清晨

旧唱机（二首）

彭争武

旧唱机

二十年前的风吹来
三十年后心里堆积

这一夜奇怪少了星星
两朵野花也不再争吵
花瓣一片片跌落

宁静是今夜的特产了
除了一部旧唱机
还吊着嗓音

岁月

对山有个交代　便在山上盖个房
对地有个交代　便在地里种上庄稼

点上旱烟　阳光下吟诗
煮一把糙米　养出一窝儿女

扶着我走　是早起的风
给我一生的归宿　是晚来的夜

围着来来去去的我
生死那首歌　就是一泉叮咚

湖南以南

魏先和

湖南以南，是广东
你随遇而安　温暖的大海　潮湿的风

湖南以南。你从不提那些朴实的情节
只管鸟语　只管花香
只管把街道喝醉
喝醉喝醉
是什么，慌张你一珠江眼泪

湖南以南。乡情浓烈
谁把深秋撕碎
谁在梦里喊　我的娘亲　我的宝贝
城市不懂夜的黑
低头不识　曾经少年郎

湖南以南。你从不妥协
无所谓风雨险阻
无所谓艰辛疲惫
只因，梦想的召唤是如此热切

这骄阳　这大海
这南国的四季葱郁
不负你一腔激情热血

湖南以南，是广东
你处处是客　追逐着希望　淡定从容

牛

邹中海

在悠远的乡愁里叙述牛事

仿佛还能听见

水页翻动犁铧的哞叫声

父亲高举的鞭子，抽疼了我的眼睛

风雨中嚼上一把青草

追赶晨曦与落日

动力的补充反刍一袋旱烟

星子伴随汗水

滴落在沉重的犁铧后面的田埂

吧唧吧唧的生活

无法喘息

一生都在低头

似乎从未高过臂膀

贴近土地的卑微

在习惯性的吆喝里

道出多少无奈与心酸

一家老小的生计

背负多少阵痛与勒痕

尽管如此

头前的那对犄角

显示的却是一块倔强的硬骨头

广州你早（四首）

老刀

河流

浩浩荡荡
一路向前
前面低了
河水将自己灌进去
将低处填起来
再往前流淌
前面受阻了
河水停顿下来
等自己成长起来
继续向前
一路高高低低
没有什么能够阻挡
河水的前进

拆墙

民工们赤裸着上身
站在高高的墙壁上拆墙
他们弯下腰去
又直起腰身
他们砸向墙壁
又抡起铁锤
我们站在稍远处
看不见墙壁
在他们的脚下
剧烈地颤抖
只听见大铁锤
砸在墙壁上
发出咚咚的响声
只看见早起的太阳
从他们双腿叉开的胯下
一锤一锤升起

广州你早

没想到七月的广州
天会亮得这么早
才五点多钟
高楼大厦
支撑起的蓝天白云

已清晰可见

应该又是

一个艳阳天

太阳还没露出笑脸

雀鸟们已经

在朝气蓬勃的林子里

欢快地叫个不停

挖土

最近喜欢看人挖土

三锄头下去

泥土翻转过来

自自然然蓬松碎开

泥土里有什么

就看见什么

他们不耙平整理

也不刻意展示

如果翻过来的泥土

板结成块

他们会用锄头背

敲砸一下

他们不停地往前挖

新鲜泥土

不断向他们

身后拓展延伸

灵感旅行的时候（三首）

远人

写作

我每天写到很晚

写一个非常长的故事

里面有很多陌生的地方

有很多我不认识的人

我试着用耐心，看清他们的一生

在几个微不足道的细节里

我会放进自己的某些经历

像一朵很不起眼的花

放在无边际的草原深处

很多人不会看见它

或许也有人会凝视片刻，然后

在很久以后的下午或傍晚想起它

有时用微笑，有时用感伤

灵感旅行的时候

灵感旅行的时候
我写不出诗歌

不知灵感
此刻走在哪个地方

地球上，群峰生长树木
海洋涌起巨大的浪花

沿途还会遇到很多双眼睛
它们有的冷漠，有的热情

一切我都熟悉
或许灵感会觉得陌生

这恰恰是它旅行的目的
在熟悉里，给我带回陌生的礼物

从疲倦中

我真疲倦，眼看着
一天结束，眼看着
星星在昨天的地方升起

我看着那些闪耀
它们没什么不同
一些鸟在树叶后面鸣叫

是些看不见的鸟
是些声音，它们召唤我
把一首诗写到纸上

没有其他人听见
当我埋头书写，我发现
我奇迹般的从疲倦中脱身

火车是父亲肩膀上的儿子（二首）

唐成茂

爱情的小偷

春天已到　镜子还没醒来

我们的爱情　才敢出门

才敢　偷偷摸摸地爱着　我们的爱

我们抱着梦想　才敢　在黑夜互相

欣赏内心

苦楝树的吉光　洒下一丝丝悲苦

苦楝树再苦　也是民间疾苦

也敢面向阳光　抬起头做人

不像高楼上的你　踩着夜空

越走越黑　越陷越深

摸着黑牵你的手

日记本上不敢　写下一行清泪

就是在山坳里也不敢　搂你太紧

也怕山风惊醒了　世俗

我们的爱情　不见天日

在虚荣这座山上　你我都是小偷
偷到了欲望　偷不到荣光

都怪生活常常改变了梦想
都怪苦楝树要帮我们遮挡风凉
生活是面镜子　不解释过程　只给出真相
我宁愿穿镜而过　把你请下神坛
我牵起你的小手　我们大摇大摆地
回到我的茅屋和
你的内心

火车是父亲肩膀上的儿子

第一次见到火车　火车是父亲肩膀上的儿子
我和时代一同前行　一路上碰到父亲的叮咛
这列从深圳出发的火车　崭新　坚硬　挺直
雪白的床单密密铺开孤独和希冀
投奔深圳　我的生活登上飞驰的火车
父亲用牵挂拉长多皱的年轮

在这个平静而跃动的上午　金色的阳光沐浴着激情
我和这列火车滚滚向前
汗流满面的父亲尾随而至　他用手帕折叠成方块状的慈爱
依依送出一地的深情
父亲的手帕可以擦拭皱纹
生活中的很多地方　他的手帕无法到达

父亲愿意用生命铺成铁轨　钢铁的轰鸣里有他
笔直的坚毅
父亲的目光一直望着我的未来
我去了远方　他守着寂寞　最终登上
生命最后一列火车　去了比远方更远的地方
那是仙鹤之乡　蒹葭苍苍　白露为霜
抬头望不到头　低头见不到故乡

父亲担心铁轨不轨死不瞑目　父亲希望一列火车
只乘载我一个人飞奔
父亲希望我火车上的人生谷粒般健壮　平稳地生活
没有阴影磕绊青春

稻香

张阳

掀起一缕稻香
是傍晚的风在笑

远处的丹霞山
像个虔诚的朝圣者
背着一道夕阳
在锦江河畔默祷

农人们荷锄而归
唱着丰收之歌，歌声
惊动起鸟儿们振翅高翔
大地渐渐归于沉寂
万家灯火慢慢燃亮
一整条银河的星光

知了辛苦了一日，闭门谢客
青蛙们在水塘里高声合唱
蜻蜓盘旋在荷叶上
伴舞，稻谷在星光里快乐生长

辑
一

如果靠近些，你会听见
谷节在吱呀吱呀地响个不停
好像有个声音在呐喊
快长高些，快长高些
有个老人要禾下乘凉

晚风吹过，浓郁的稻香
沉醉了整座村子的梦乡

行走边沿（二首）

李再昌

阿梅

广州的冬天

不盛产梅花

却盛产叫梅的女子

阿梅产自广东雷州

在这个大岗工业区绽放

绽放青春　也绽放爱情

丰盈的青春像身材一样饱满

美好的爱情却薄如 45 克的无碳纸

阿梅的工作是把号码相同的无碳纸

匹配到一起

刷上爱的胶水，让时间考验

然后分号　包本

阿梅很喜欢刷胶时如胶似漆的感觉

常情不自禁莞尔

也常在分号时出错

拆烂一份联单

不承想月老也有走神时

匹配错了号

阿梅憨厚的笑容

被七月的风吹落

吹落的还有那颗少女的心

李娟

玲珑小巧的小娟

湖南山村飞出的杜鹃

小巧，手脚麻利

配页工作得心应手

每天在红黄白色的纸上扑腾

那些跳动的号码

和她一起翩翩起舞

也许是小娟舞姿太欢快

一不小心和爱情撞了满怀

窗外的榕树绿得甜甜蜜蜜

时光的车轮辗向腊月

一对爱情鸟欢喜地掠过工业区的榕树梢

向着湖南

也许是习惯不了湖南的辣劲

爱情鸟迷失在山村

初八开工好些天了

榕树的黄叶子

孤单地在风中旋转

夜行车（二首）

冯永杰

夜行车

通往市中心的大街
被夜色截断
灯火如鞭
驱赶着河马似的压路机
集合起不安分的石子
浓浓的墨汁
均匀地洒开
印刷崭新的通途

禁止通行
红灯把四个大字举在空间
夜行车像受惊的牲口
一辆接一辆仓促倒退
绕道驰向
历史留下的那座桥
桥太窄

夜行车只能小心翼翼
乘客把怨言吐入桥下
溅不起一丝波纹

波纹荡漾在司机们的脸上
波纹是笑着的文字
把车笛按得富有旋律
旋律中有心跳的节拍
明天，拓宽的大道
将恢复通行

夜行车接受了
桥的颤抖的最后一吻
轻快地驰向黎明

一个从海上浮起来的故事
——蛇口传说

一个生命沉没了
昨夜，海里翻过船

一个很年轻的生命
一个很强健的生命

航标灯哭红了眼睛

制怒后的波涛有些后悔

他自小把波涛当马骑
能骑在海面上打瞌睡

他沉没了
太阳从海上升起时他没有升起

他过于蔑视波涛
蔑视波涛下那股暗藏的漩流

他黑夜只身闯海
想捕捞满舱鱼虾满舱珠贝

他对新婚的妻子许诺过
攒下钱到远方拜访古长城

和黎明一同漂回岸边的
却是妻子用情丝织成的网

网破了，他却落进另一张巨网里
鱼儿们报复地摇头摆尾取笑他

海，现在很平静
像在沉思着什么

一个生命沉没了
一个故事浮上来

让多嘴的海鸥衔着这故事到处飞翔吧
这故事因此而会流传许多年……

听海

张丽明

暮色低沉，你用力把我送到高处
随即也并排坐了下来
像两颗心第一次幽会，借着海浪诉说心事

远处的海鸥隐约在飞舞，但我看不清
嗯，看不清的远方就让它苍茫吧
礁石，渔船，浪花，你心中的炊烟
有一种紧紧拥抱的暖

海浪一层层叠加袭来
冲刷我们被岁月一层层包裹的躯壳
石质与尘垢间有了明显的松动
我温柔起来，你轻盈起来

咸腥的海风吹来一丝甜蜜
将荒诞不经的前尘旧事尽数消弭
将诗人特有的敏感忧郁卸载一空
你的呼吸越来越像海
结束了颠沛流离，变得深长静谧

辑
一

我们没有挽留任何晚霞
纵身于海浪间
听了又听，停留良久

记忆上岸后有了更深刻的记忆
我想将你的脉搏和喘息都烂熟于心
你想将我一把揽在怀里一睡不醒

最低处（三首）

王晓忠

夜色如水

只需要一点点安静，最好能听见
三米开外的心跳
给她一个借口，在恍惚的树荫里
按住惊涛拍岸的骚动

其实已分辨不出风抑或雨的沙沙声
万家灯火静下来
清凉的月色拖动孤单的云
一团阴影比梦的喘息还重

辽阔的寂静啊，几万年的沉默
被谁收藏，在异乡
在悲伤的灰烬里

年关

年关近了，牵挂总盘根错节
一直在心尖积蓄闪电
外出谋生的生活，有些拘谨
有些零乱，在巨大的忧伤中
徒劳打量，北方
久未谋面的亲人
在曲径通幽的思念里，找到别样的安慰

省略三千里乡愁
省略大雁的签名，火车的呐喊
平庸的琐事，有人隐姓埋名
生活的秩序，疼痛，和欢愉
散发静默的微光，疏朗的长天
有些悲伤，在黑暗里无人知晓
一路上栉风沐雨的伤感事
一刻都不曾停止追寻的脚步
辽阔的幸福，转眼间
擦肩而过

最低处

所有的困惑、苦难聚集在这里
无奈又无助
蝼蚁的命运，卑微纤弱

方言背着疼痛、悲怆
被一根命运的枯枝
拨弄得失去了方向

平常的日子是一口幽暗的深井
生活的辘轳
拒绝激情，竹篮打水
让内心的渴望裂成碎片

在异乡
在异乡的屋檐下
许许多多
形形色色被故乡抛弃的人
被寒风裹着
在未知的旅途中
找寻一瓣幸运的阳光
给血液里疲倦不休的悲伤取暖

好日子

兰浅

旁边工地的响声要到明年了
我家先生说
现在是打桩，接下来倒混凝土
很难想象
他曾爬上爬下，头戴安全帽的样子

那是一处好日子保障性住房
从天际发白，到黄昏，再至夜晚
街上只是这轰轰声

工地上的男人们
是父亲、儿子、兄弟，或三代同堂
现在是建筑工人

响声持续地从高处向下
钉，钉……
好像好日子就是这样
一截一截钉出来的

失去河流的村庄

吴基军

四十年前，一条奔腾的河
在上游转弯处，被硬生生拦腰截断
一个冠有我姓氏，以河命名的村庄
从此与一条河失去联系

直到现在，只要入梦
年迈的父亲还能听见震天的开山炮
应声而飞的石子啊，还会击中他的脊梁
只可惜来不及呼喊或是痛哭，那条河
便被生生拉成一字穿山而去

在父辈们肩挑背扛的汗水里
一弯无水的河床，换作一畈良田
哪怕大旱之年，此处依然稻茂粮丰
恋这一方水土的父老乡亲相信
沃土下，那条河还活着

所幸，冠着我姓氏的村庄
哪怕失去河流，也要以河为名

萍聚（二首）

墨家

你爱过的城市

你爱过的城市
充满了肥皂泡。偏偏这样的泡沫里，有我们向往的破灭
把青春填充了硅胶、玻尿酸，人生才得以饱满
那么勇敢地努力着，这个城市并不拥抱我们
冷漠的建筑，平静的珠江，来了又去的情人
我们相遇，而后错过

当然还有红花楹，紫薇。五月熊熊的红色
一路行走都有凌云壮志
爱过就好了，没有想过一定要留住
白云山与珠江新城是一个加强的对立，妄求得到就必然会失去
不辜负就好了，我怀抱的青山足够妩媚，我放弃的流水也极尽
清澈
一切都很好。这个世界从来不会为我们改变
你在的时候，我刚好也在

广州大道南，猎德大桥，琶洲塔。经过一个人的中轴线

会俯下身来亲吻他。他永远代表着地标建筑
永远为我所爱。从人民公园的原点，爱过的人陆续在回来
城市的节奏再慢一点，爱情更加纯洁
我与你倒退回去，时光变软，一切再一次恰到好处

那么亲爱的。假如没有城市，我们就光秃秃的
假如没有河流，我们就只剩荒芜的田野
那些枯朽的树赠予他人吧。我们至少还牵着手
陌生的熟悉的街，悲伤的欢喜的歌，想跳跃起来，想放声大哭
我依旧不动摇，你却在风中转身，撇下了华丽的城市
和憔悴的我。爱过的东西，早晚只散发陈旧的光辉

某某街。我还在。写字，喝酒。三点一线。生活与爱无关
这座城的边缘，洗得再干净的灵魂，刚好衬起那种无边的孤独

萍聚

黄礼孩走在西班牙街头，梅老邪走在南沙街头，曼陀铃走在中山
街头
Angel 击打水面
珠江从蕉门水道和东平水道溢出来
墨家怀抱着广州塔，有不舍得之意
四面八方的水流正在聚合珠江
今夜不谈诗歌与政治，相顾一眼，俱是温情

崔世林没带吉他，音乐代替不了语言

甚是觊觎礼孩兄的一口袋书籍

文字佐酒，不饮者不是英雄

每个人都可以上演一幕剧，保留一部分个人风格，主演剧本杀

自由进出一首诗的高级门槛

花城广场落地有声，在最高处

看见的云彩可以是飞鸟，对面可以是平行世界

我们举杯。把许多街道折叠在一处

她的甬江水、他的汉江岸皆会若隐若现

我们都背着故乡，报道自己的籍贯、生辰、喜好，弄得满桌青春

飞扬

流水混淆了酒水，这么好看的狼藉

我们还想有更多的美好，在不确定的文创中和未知的世界里

这些人偶然走在一处，这些人

只惊动了他们自己

献诗（组诗）

郑德宏

鹤舞增江

那些白鹤，天外来客，
她们烫金的身份证上，醒目地写着，
居住地：增城。

现在，增江河水域之上，
一群白鹤，盘旋，婉转，俯冲，
擦过清凌的镜面。
她们清晰地看到了，
自己的祖先，
水族游走的灵魂。

一群白鹤吹响哨子。
又一群白鹤吹响哨子。
增江河面上，
她们跳着整齐的芭蕾，集会，宣言：
故土即领土。
她们将在这里安营扎寨，

生儿育女，世代营生。

现在，她们的生活多么如意，
一条增江河，就是一条富庶的村子。
一村无二姓。
她们都姓白，名字叫：大鹤、小鹤、一鹤、二鹤、美鹤、丽鹤……

现在，她们日当渔夫，夜守安宁。
她们和增江河两岸的人民，
一样热爱生活。

增江辞

增江是一个名词
江水是一个动词

鱼虾是一个名词
渔夫是一个动词

泊在江心的云朵是一个名词
云朵上滑翔的白鹤是一个动词

桥是一个名词
桥墩是一个动词

岸是一个名词

岸上的灯火是一个动词

江水灌溉的大地是一个名词
大地上生生不息的人民是一个动词

现实主义的白鹭

清晨，那么多白鹭，
在增江水面上飞舞。但我不再模仿，
"一行白鹭上青天"，那是腐朽的理想主义的白鹭。
现在我看见的是，
现实主义的白鹭。它们抵制污蔑、轻浮之风——
它们只是在觅食，或练习生存之术。
江堤上，那么多人，
在行走，看起来像是一群
精神漫游者。其实，他们应该如我一样，
认真观察那些白鹭——
我是它们其中的哪一只。

江面上，渔船漂浮，白鹭盘旋——
渔夫的任务是把鱼捕上来，换成碎银；
白鹭的目的是叼到鱼，把生米煮成熟饭。
而我们这些岸上行走的看客，
看到了什么？远处，青山云雾缭绕，
那不是我们理想主义的开门见南山，
而是那些白鹭虚拟的故乡。

东莞，东莞

北广州，南深圳，
东莞居中，山有观音驻守，往来无白丁。

茂林修竹或车水马龙，闹市中，
谈笑有鸿儒，一杯茶的工夫，约等于一堂语文课。

做一个东莞人有福了，
快节奏静止于慢生活。
当你回过神来，东莞莞尔一笑。

南方之南

坚果

起始于一粒种子的呼吸
那些年我背井离乡，向着
一座问佛的山，一座悟禅的城

我从远方来，还要到远方去
居于事物上空，唯有时间和雨水
永恒如一

风暴从中心向周围迁徙
那么多已经存在和正在发生的事物

一粒种子足以唤回春天，时间前头
南方盛开木棉风铃——
英雄树，这独有的景观植物

临别时，红土地升起阳光
青山青绿水长，我的南方
林木葱茏，鲜花开满四季

注：作者南漂工作生活的城市佛山市禅城区。

那些飞行过的事物（二首）

丁玲

像一粒沙一样看海

你在大海边独坐

想到众水合成一水

心头就变得深不可测

浪花在你脚边

来了又去，一艘船

从两座山的缝隙出现

又消失于远天

星光微晃，你想到这是你

拥有的一个黄昏

然而很快又不再属于你

每一朵浪花都会带来新的浪花

你行走在茫茫夜色中

心里泛起一粒沙

刚刚做了母亲的喜悦

身后，大海替你哺育着众沙

那些飞行过的事物

一定有

一架飞机在仲秋早晨飞过去了

我并没有看到它银亮的身姿

我只是在读书的间隙

偶然抬头

看到秋水洗净的长天上

有一条长长的直直的白线

从西向南，从白云窝到大海沙

对不起，我不知道

天上的路标

我只能以地上的位置如此标示

我看着那白色的印迹慢慢消失

就像岁月的一根白头发

用最简洁的方式

告诉我一个人如何从有限走到无限

如同我的母亲

我再也不能见到她了

但她如同黑夜中

那些隐没了形状的事物

梧桐挺拔，梅沙低沉

庙宇肃穆，钟鼓静悬

仅仅是换了一种姿态

像一双翅膀

化成了无数的羽毛

仅仅是为了拂去我

生命中那些隐秘的尘埃
从眼中来到了心上

注：梧桐指深圳梧桐山，梅沙指大梅沙。

江河蜿蜒曲折才能向远

马也

一

从跟随江河的山就知道
有什么样的水就有什么样的山
该挚爱的始终深情相拥
该迷恋的依然恋恋不舍
该鄙视的还是不屑一顾。看忠实的群山
一波一波涌向远处
心气多么平和，像足了这时光两岸的生活
泰然自若，开阔而又从容
因为宽豁，能装下乱石、林莽
可以安顿好一轮明月和她拖家带口的星辰
江河有博大的心胸，所以跟随她的
群山，一直血缘般紧紧相随

二

这就是潮流：在顺应中
放弃无谓的挣扎，与其沉迷于

自我小小的痛苦，毋宁享受弄潮的快意

没有所谓的我行我素
有阅历的水，信仰团结的力量
不断汇聚，因而更有方向
更具奋勇前进的动力
带走命运中坚执的部分
迷信只剩下干瘪的河床

只有经受太多曲折
才能向远，犹如折叠起来的时间长绳
展开之后足以构成历史的维度

江河骑着烈马飞驰
在世界的背上跑进世界的心胸
向东，或者向南，消失
在视野中，却澎湃在脉搏的律动里

三

我希望是江河的一滴水，平和的一分子
激流中的一员，或者是
迎头撞击岩石飞溅的浪花，跳跃中
扯到蓝天下白云的裙摆，和山冈、林木
碰肩，有着天然的默契

甚至，是从天而降的一滴甘甜雨水

是高山上融雪的干净化身

是饱含苍茫大地的露珠，吞下黑夜

又吐出簇新的白昼，在岁月里

闪烁的光芒并不逊色于日月

这就是我纯净的、最初的

本原。绵延的群山、蜿蜒的江河之上，草木

在春风的启迪中生长，江流向远

流过我的血脉，直奔心间

不为寻找归宿，只为追溯源头

坪地望月（二首）

李晃

独立寒秋

入海口，无尽江水滚滚流。
来自大洋彼岸的寒流，
折断多少候鸟的翅膀。
眉宇间增添了几缕忧愁。
惶恐滩头说惶恐，零丁洋里
叹零丁。丹青上留名的
文天祥君，我愿意——
愿意陪你把敌人的牢底坐破。

只是壮志未酬，俗事缠裹。
面对洗脚上田的暴发户，
怎肯低下这颗孤傲的头？
怎会随波逐流，俯身屈就？

一个按剑站立在珠江边上的
自主沉浮，归来的王者呵，
——我骄傲，我依然是我。

只见暮色苍茫，何日缚顽虬？

坪地望月

晚风吹不散鹤鸣东路上的尘灰，
淡水河边的花香惹人沉醉。
今夜飞碟似的皎月普照千山，
偶尔一个回眸需用一生来回味。

机器的乡愁（三首）

方舟

机器的乡愁

一种无可言说的秘密
来自一群机器的乡愁

机器的乡愁
发生在一座庞大的房子里
流离失所的抒情时代
在密集型的命运里
触摸不同的疼痛

产品的花朵吸收了光
吸收了太阳匆匆行走的身影
物质无法返回机器的合唱
故乡高远　高过机器
所有坚硬的头颅

谁还在子夜祈祷健康的青春
谁还在记忆中和桃花保持了美丽

谁失眠的双手
探入油类的深渊
打听去年失踪的兄弟

空中的籍贯
燠热的籍贯
散发中散发的籍贯
谁可能在钢铁的胸膛中
练习早期的写作
谁可能在空心的盖子上
掌握动荡的谣言

机器的乡愁发生在现在的
房子里
进入房子里的人们已经
遗忘

出租屋

短暂者
一生修补住所的短暂者

没有建筑的心
已不是心
没有建筑的建筑
在流离中倒塌

313

只有剩下的睡眠

在大地中心

只有游出体内的梦

追寻继续

门在哪里

钥匙在哪里

通往上铺的梯子在哪里

临时办理的身份证在哪里

行走的意义被间断

姊妹的花朵远离花心

残缺的肢体

比裸宿的露水

更深入黑暗

怜悯的命运从何处升起

便从何处着陆

无名的城市

我们交付灵魂

你交付我们什么

一只工业区的蝴蝶

关于一只蝴蝶

我已说了太多
比如在我早年的情书里
它是爱人
在我江郎才尽却很文化的诗歌里
我让它停下来和我说话

但现在它从工业区里飞来
从工业区女工瘦削的肩膀上飞来
它不是毛毛虫变的
它是和我同样乡音的女工
用泪水培养的一只蝴蝶

我知道它要回家
它报告我很多我不知道的信息
它多么不幸啊
它的美丽
因为表达不出内心的创伤

现在它是我诗歌的另一个句子
在时代工场的上空久久盘旋
却不肯坠落

它多么沉重而轻盈
我知道很多人认不出这只蝴蝶
因为
它没有翅膀

深圳以北，深圳北（二首）

陈少华

深圳以北，深圳北

地下铁，人群还是一样多
泥土之下，隐藏蚂蚁的巢穴
我抱紧奔跑的气流
预备下一出口，我已抵达深圳以北

……民治，深圳北，长岭陂
白石龙，深圳北，红山……
我以夜间出行的方式，等你
灯火爬满城市的高楼
十字路口，躯体被双手屹立起来

提前一步，会节约一些时间
乘高铁去吧，到广州、厦门或更远
千里之外，将内心彻底蔓延
一张纸片打开的城市
迎来一阵风，必定从血液穿过

深圳北，城市以北
舒展筋骨的人，来去之间
避开闪电一样的百合，等一分钟
暴雨从容地淹没晦暗
而你可以在此转身，可以回头望我

低飞的候鸟也会带来闪电

飞落，筑巢，容身
托孤崖石，不止于枝丫
云雾缥缈之时，山峰最高的
也是最低的

那么多的灵动却来自羽毛
艳丽，光滑，轻得无法描述
在一些鸣翠的声音里
此生斑斓，被晶亮的雨滴
丰满，而又圆润

我们日夜奔赴的地方
有枝繁叶茂，再无边际
低飞的候鸟也会带来闪电
也会衔来尖锐的种子
伸出叶，开出花，结出种子
为往返之处，隐姓埋名

斯卡布罗集市（二首）

布非步

一万米高空读曼德尔施塔姆

一杯禁欲系的咖啡
在我的对面不动声色
这是一个古典主义者的早晨

香葱味薄饼，味同嚼蜡
在空姐制服的有序位移中溢出香味
亲爱的，我想象不出你的早餐
在高原反应里是否有神谕的光泽
正如我无法预测在通铺的鼾声里
有没有我明媚的脸
原谅生活，原谅它制造出的一切悬疑
今天的语言和行动
每一步都在修改着我
充满我，它们脱离欲望的控制
在世界的中心，靠近神秘感的启示
一种类似文字的游戏，其实更接近
事物的本质，阿克梅派语言的硝烟

在高空立体如伤痕
"请从我的手指取走些许阳光
和些许蜂蜜，正如珀尔塞福涅的
蜜蜂在叮嘱我们。"
我在书里尽快埋下头去——

此刻，我想亲吻你的脚趾
和你周围一圈让我着迷的暗物质
"我等你回来……等你回来……"
哦，我需要你。用我们阅读之外的
和声，抱紧我

斯卡布罗集市

你和我并肩
出现在海边小镇
一直幻想这样的场景：
我们看望被装上车去赶集的
芫荽、鼠尾草、百里香
和野百合
看望拜占庭的日常生活
进入另一种琐碎的日常生活
我们来来回回地走
穿过每一滴咸水和大海之间
给每一座教堂和荆棘重新命名
包括，中世纪黑死病里逃生的

矮子骑士与他心上的姑娘

穿过絮絮叨叨提前来到的更年期

夏日的玫瑰湮灭了波罗的海

神色迟疑的黄昏部分

像往常一样，我为你摘掉

头上正在结籽的胡椒，你轻轻握住

我农妇一样操劳一生的

粗粝的双手：

"亲爱的，我需要你

织一件亚麻衬衫，就像此刻

我需要收割芫荽、鼠尾草

百里香和野百合……"

花草笑

曾山下

夜晚给阳台上的盆花浇水
盆土发出吱吱吱的微响
女儿的耳朵和我的耳朵都能听见
是花草们在笑，女儿说
经她这么一提醒，我才晓得
她的耳朵听到的，我的耳朵
不一定都能听到

遍地时间（节选）
——G城时间简史

鸫鸫

第一年

清溪小镇岁月，常常是华灯初上时刻
时间好奇地在浮岗和荔横的大街小巷徜徉
流连在清厦鹿湖酒店玻璃缸内澳龙的脊背上

第二年

在清溪商业街的川菜馆和时装店，时间常常轻快地流淌
在有利商场仿玉质叶片发夹里莹润
在大利亿兴电子厂穿丝质紧身黑裤明眸皓齿的美人雪肤黑眸里
神往
在上元那家台资厂大门外迷茫

第三年

时间在清溪中心小学和清溪中心市场之间
欢快地穿梭，累并快乐着
5月的最后一天，时间突坠去往九乡山水天地度假村途中
漫山遍野映山红的惊惶
那一年时间初识绕湖迤逦而去的三角梅霞光

像 5 月从天而降的煎熬与绝望

第四年

时间穿过罗马村，来到塘厦大道 25 号暂居
它常常在花园街大新商场和爱家超市流连忘返
在国税局后侧出租屋地铺上
光着小身子蹦跳的小男孩小身子骨上
闪光

辑
一

推拿（三首）

郭涛

木棉有时会弄乱你的影子

从东风西到流花路，总会
逢着无数木棉，红色的花
有一瓣，没一瓣
落在月亮的侧脸

风掀起沙砾、土壤、草茎
地下铁，以及大地慵懒的鱼尾纹
那么多人，从 2 号线
涌入春天

人一多，木棉就会弄乱你的影子

爱你，是春天的一部分
捕风捉影，也是春天的一部分

我没有办法让她相信这灯火璀璨的人间

流浪猫叫了一整天，在二楼的广告牌和
下水管道之间，撕开了一道滴血的伤口。

高楼掩埋陷阱，掩埋蚁穴，掩埋
贫病与寒酸。绝望的喵声
被一阵阵车流冲刷，了无痕迹。

我攀着梯子送上粮食和水，我轻轻地呼唤。
她的声音越来越细，细得如同这筒子楼里的阳光。
我眼睁睁看着她衰弱，衰弱成一个个被遗弃的孤儿。

她一遍遍拒绝了我的水和粮食，让我羞愧。
因为，我没有办法让她相信这灯火璀璨的人间。

推拿

我的骨头咯咯吧吧响作一团
我的胸腔嗷嗷啊啊号叫不止

风吹入骨髓，爱恨乱作一团
甲壳虫总是在凌晨两点惊醒

在技师粗鲁的喘息中听出
有一些骨头越来越不听话

尾声（二首）

唐殿冠

尾声

落日到了水面就温顺了
我内心泛起的光太轻盈，如蜻蜓点水
远去的涟漪熄灭了自己
芦苇藏匿起过往的锋芒

没有谁陪我一会儿，我们都是走失的人儿
草地不再延伸，坐定了
只在意一颗种子的承重
幻想里的酒杯触碰了一滴眼泪
滑落一声鸟鸣

你画下一个休止符
消耗了我无数个等待的日夜
我的思念快捂不住了
候鸟又迁徙了

我一直携带着你剩下的一点体温

告诉自己要耐心
耐心等待新一轮的开始

橡胶林

海岛上成长的孩子
并没有随意下海的自由
因为大海喜怒无常
而村子边上的橡胶林却祥和静谧
是我们成长的乐园
大人们未曾划出禁忌

我们可以摸爬滚打在厚厚的落叶里
也可以如松鼠般窜到枝杈上打下它们的果实
砸出一个一个籽，那比玻璃珠的玩法还多样
最为开心的是收集凝固了的橡胶
尽可能长地扯出掩盖树的伤口的胶条
像卷毛线一样卷出实心的橡胶球
往地上一掷即可连续蹦得又高又远

我们紧紧地追着，正如大人们拿着割胶刀
紧紧地追着树的伤口。并未想起树的感受
那刀刀入木，并不避开以前的伤痕
使劲逼出体内的能量，最好都不要停顿

一次又一次，橡胶林都在自我治愈
在新的一天，依然静谧地接纳新来者

在东莞版图上漂流

刘仁普

1

火热的日子，打开东莞版图
第一眼：厚街①
八月大雨突然降落，又突然消失

2

一群陌生的打工者
在人才市场等待出售
风吹着密码箱，石排②变成记忆

3

一个冬天的晚上，我在一家网吧
电脑放飞很多工厂之外的事物
梦想与自考，一种无词的释放在敞开

4

工厂在我的东莞版图漂流
自考：梦的颠覆
在不穿工衣的东莞考场舞动

5

梦的记忆，三十二个镇面容呈现
比太阳光更加明朗
公交车和脚步悉数记录：漂流

6

十九年③，在工厂，在自考。自考的
分数，现在以抛物线列出数据
漂进东莞版图，和我用脚踩过的地方

注：①②均为东莞镇名；③ 2003 年 8 月来东莞至今（2022 年）。

在南方行走（二首）

石建强

在南方行走

在南方的城市
从一个驿站到另一个驿站
辗转漂泊
尽管没有鲜花与掌声
却依然无怨无悔
追寻人生的梦想

行走在南方
多少次让我心潮澎湃
当我回到故乡
依然不会忘记
在南方行走的每个日子

我的自画像

来自秦巴山川的我

一米七的身高　比较清瘦
讲着普通话　略带乡音
留着小中分发型
走路一般走得较快
在南方的城市
如果在某个大街或工业区
看到像这样的人
也许说不定会是我

在工厂打工的我
每天上班下班休息
三点一线的生活
周而复始　已让我适应
工作认真而负责
对朋友真诚而热情
性格开朗沉着稳重
在打工的路上
一路跋涉向前行走
这就是平凡而真实的我

踩影子（二首）

方塘

踩影子

女儿说
爸爸，你把我的影子
踩疼了
我说，好
那就再来一脚
三月三的路灯下
一长一短两个影子
响着放肆的笑声

我的爱

我的爱
自私，狭隘
像山脚下唯一的石缝
除了阳光、空气和水
只允许你，一个人进来

莞城城门（二首）

徐道勇

莞城城门

线装的衬面

有些枯红

方方正正的砖块

垒起结结实实的城墙

唐朝时期的野草

依然很性情地作衬面的装潢

几千年以来的天空蔚蓝如水

如蓝色的旗帜猎猎飘扬

做你我的背景

穿门而过

如徜徉在唐宋街道

古朴的门永远洞开着

朝天朝蔚蓝色深处

你很自由地往返于古今之间

莞城城门是莞城的一部通史的封面

很典雅抽象地立在那里
把莞城囊括得古色古香丰满动人

如今　修葺一新的莞城城门
浸润了改革开放的灵气
沿着坎坷的城垛攀登
你会成为思想者　先行者

可园

入得园来
尽管看亭台楼阁
山水桥榭
别究它的出处
别让褒贬的笑声
肆意飘扬

尽情地往返于厅堂轩院
全心地去体验它的玲珑
风化的历史
已凝固成岁月的额丝
无须我辈做苍劲的想象
单只观它的精致
单只赏它的璀璨
就足矣……
怪乎各路游人纷至沓来
怪乎《东莞日报》副刊辟你为名

穿行

阿树

迎风，冒雨，顶日
努力穿行这城市

在夜深人静时画下自己的梦
在上班路上看到无数个自己的影子在奔跑
在呼啸的车流中看雾霾后的天空

日夜兼程
离家越来越远

岭南的春天

余清平

岭南是没有冬天的

似乎在秋末，春天就在潜滋暗长

我思考了无数光年

世上还有什么，一夜之间让春光生了翅膀

是佛前的那朵睡莲

还是人间的紫荆花

看见紫色，顺着春天的藤蔓

爬上诗人的心头，在与诗人对话

夜的月亮是女孩的眼睛

涟漪漾动波心

也许，是你从晨曦里走来

吻绿旷野，吻绿了人们的心头

一切就这么巧妙

在星星眨眼的时候，春天爬上月亮船

春天，邻家的女孩怀抱着甜蜜

我看见，爱念就在她的柔若无骨的手指尖间

绕来绕去，以鼓点的姿态绽放

流连忘返

夜宿西冲沙滩

魏兰芳

内心过于窃喜　这世界自由敞亮

呼吸一切自然的馈赠　一个长期奔波的人

她如此贪婪吮吸着幸福

那工业区的味道此刻多么遥远

那属于我们的切割机　测量仪　密闭的车间

在某个焊点　这生活的磨难和伤痕

那些思想的小虫子　保持着这时代的悲悯

关于梦想　不过是喝饱了水的骨头

这流浪的城堡　我们放肆地裸露着

关于原始的野性和苍茫　今夜你是王

这唯一的宫殿　海浪拍不走的海市蜃楼

我们在夕阳下迷路　看晚霞荡漾

我的孩子　你不知疲倦　你的战利品

被围困的螃蟹开始放歌　我忍住尖厉的呐喊

胸口一阵暖流涌动　篝火是最好的酒

灵魂开始打烊　爱情的歌　总有人唱

几个年轻的小伙　把青春的身体放入沙滩打洞

我们紧紧地依偎着　篷帐朵朵

这么多年　从未如此安详　抱紧你

我内心的血和沙的温度合二为一

今夜西冲　还有谁比我更爱你

大地回归平静（二首）

周承强

大地回归平静

热闹原来可以停止，跟梦一样

一会儿工夫商店关了，噪音散了

舞场靡靡乐曲戛然而止

灰尘跑好远，车溜了，人没了

案板上剁肉声蔫了

包括唧唧怪叫的蝙蝠，猜酒令

统统眨眼消失，比风快比云高

喧嚣退后的街面异常平静

柏油路面没消失，时间没回流

所以草儿没法像从前一样长出来

也不会有兔子麂儿蹦来蹦去

大地总算回归平静，回不到

盘古开天时刻，听声音近似从前

高楼和车还在，那些人跟宠物一起

躲在小区深处，只是暂时不露面

寂静看来是暂时的，有些场景

还会重现，土地无奈这是一种宿命

它想回到大自然初生时分
而这连风儿也做不了主，能做主的
一直作践自己，突如其来的雨珠儿
解释不清，老是淅淅沥沥咒骂自己

无花果情怀

着装灰褐色缀绿，一生朴素简洁
喜欢阳光雨露，情怀温暖如春
砂质红壤再差，厚道从不挑剔环境
扎下身子安心成长，棵棵根系发达
没水也能耐住酷旱，打磨中强大
不爱炫目耀眼，红花开在内心
剥开果核一眼灿烂，润到极致
无数芝麻脆相拥，咬着满口香甜
丰富元素蕴藏内部，入药灵验异常
顺手摘食或做蜜饯，随客开心就好
襟怀开阔欢迎观赏，四季都有惊喜
落叶不落心，分枝多样，情感丰厚
不小心碰伤流泪如奶，从不回击伤害
雄花瘿花最讲团结，共生一个内壁
密生苞片封住花柱头漏斗，讲究原则
只容无花果小蜂进入，谢绝外客干扰
雄蜂无翅，咬开瘿花帮雌蜂飞走
从容献身花托，雌蜂产完卵也会涅槃
悄悄留下幼虫在瘿花里重生新一代

单性也要结果，牺牲情怀浓厚
与人类亲切，一生致力奉献成果
经严冬结春果，历酷暑贡献夏华秋实
看着它硕大葱绿的样子内心满足
感觉季节咬口果实一样甜润

钟表厂（二首）

池沫树

钟表厂

我在一家钟表厂打工
钟表厂没有休息日
因为时间在走，生活没有停止
工作就没有停止

我把自己的生活装配在流水线上
分中餐和晚餐，把早餐用来小睡
晚上加班到十点，我把钟表的时间调到十二点

我有一颗纯净而充满梦想的心，像产品一样五彩纷呈
花鸟图
彩虹图、城堡图、熊吃鱼图，她们圆形而漂亮
像许多女工的脸，她们不说话
时间在走。有的到了美国，有的到了英国，有的不知去了哪儿
"反正是外国，听主管说都是出口的。"小芳说着
一不小心把一根头发留在了钟表里
"外国佬肯定知道这是一个女孩子的头发"

辑
一

343

不知谁说了一声，小芳红着脸，当晚她说着梦话：
"我们的生活，也要像钟表一样组装，把幸福、快乐
把爱、青春、未来一起像钟表一样转动起来，那该多好
只是，我听说，外国会有时差，这边白天，那边是黑夜——"

傍晚

稍纵即逝。内心的马驰出旷野
曾梦想，带着翅膀的飞翔
那山谷，那落日——
斜晖透过屋角洒了下来
一些尘埃，暗色的桌子祖母的茶杯
石阶上墨绿的青苔，流水与皱纹
我要说出陈旧的泥土，说出我童年
在木柴旁的歌唱，说出月光下
我们举着酒杯，谈论一些事物
秋季的风干燥，小路旁的灌木丛投下的阴影
隐藏着我内心的躁动和不安
哦，父亲，我远在他乡流浪

在工业区里走过一段田园
从工厂，穿过厚街大道
走过南丫村的两个工业区
和一个不大不小的被河流隔断的
村落

在村落五六层楼房相望的一块土地上
在宽阔的空间低处，有两条
被篱笆围绕的水泥路
是我每天上班有意绕走的田园之路

这里有一丛丛绿意盎然的
丝瓜，南瓜，豆角，白菜
几棵灌木和香蕉树
还有三株金黄的向日葵

一些不知名的藤状野草
随着夏天已经在路边铺展开来
顺便，开上几朵小花

在风中，我能闻到草叶的清新和
一个打工妹擦肩而过的淡淡的花香

远望东江边的高楼
我常常忘了
一处低矮民房里轰鸣的机器声

回故乡

刘桃德

我，我们。如一只只掠过城市上空的鸟
全身的羽毛，收拢了疲惫和疼痛
在高速上疾驰。列车要驮回流浪的南方

我乡下的小院锁生锈，门满尘
一群麻雀在身边跳跃、啄食，怯生生的
回到村里给认识的不认识的，微笑问候
他们的目光里，我是陌生的
我的目光里，他们都是我的亲人
迎面走来的大婶们还是叫我的小名
喊了四十多年的乳名，土味实足，却很亲切

父亲老宅门前的柚子树，枝干茂盛
偶尔从叶缝间扑棱扑棱飞走的鸟儿
像极了父亲奔向四处的孩子们

【辑二】

木棉（二首）

华俊锋

广东凉茶

琴键又响起
双手在黑白之上此起彼伏
多么熟悉又久违的旋律
午后本是首妙不可言的歌
此刻有广东凉茶的味道
许多年前在广州
重感冒，喝大碗广东凉茶
一个人在异乡的午后
不敢思乡，不肯放弃
被一首旋律慢慢地融化
多年后在故乡的这个午后
端起一大碗广东凉茶
旋律再度响起：狮子山下
歌声切割思念之堤
歌手罗文，斯人已逝，安！
某人的思念是种畸形的病
广东凉茶，病与痛决堤

木棉

木棉树高高擎起火把
那年春天，客居花城数日
几个清晨，两只相恋的小鸟
守时到窗前来卿卿我我
我做了无奈的偷窥者
对面窗内，守时传出钢琴声
这架九十年代的钢琴
从 G 音阶一直登上 C 音阶
很可惜木棉抽絮的时候
窗都闭了，小鸟不见再来
我也要告别花城
后来感觉对面琴音里
一定住着一位云雾般的女人
后来再到花城那个叫越秀的地方
却怎么也不见那栋旧楼房
唯见木棉树，依旧高擎火把

南漂旧事（三首）

马林

出租屋

春节出门
母亲忍住伤心
说，家里又剩
几间空房
老幼几人

夜以继日
雨过天晴
终于把房东的工地
顺利落成
当晚，住进崭新的出租屋
在异乡的灯下
写一封嘘寒问暖的书信

搭摩的

也想模仿电影镜头
冲大街高喊
TA——XI
突然记起自己灰头土脸
羞愧地扬起右手
招来一辆摩的

摩的司机健谈又细腻
在风中提高音量
你们离乡背井，真不容易
我前胸贴着他后背
温暖无比
一路后退的南风
让我双眼涌起潮汐

草帽

今夜　天空晴朗
我又用看父亲的目光
把一顶陪我漂泊的草帽
久久端详

一根根睡在秋天的稻草
被父亲长满补丁的手

移植成一圈整齐的勤劳

从裹着旧情节的衣裳

扯一截蓝布条

系在帽檐的两旁

如一缕土气的善良

刚好套住我的颈项

原本嫩白的草帽

与流浪的风雨相伴

日渐浸染上乡愁的颜色

朋友　你见过这朵草帽么

——笼罩你头顶

那轮故乡的满月

圣堂山下

汪再兴

树是站起来的路
路是倒下来的树
无论躺着还是站着
都撑长或撑高了天空
我们是枝头结出的果
车经过，鸟飞过
又一片叶子飘走
最终黑点一颗
细瞧，尘埃鲜活
远观，红尘生动

把眼泪还你

陈想菊

你一直在等我，从年少到青春，从前世到今生。而我这一辈子，却是用错了柔情。注定要负你，对不起。趁东君还在，趁黄昏尚早，我把眼泪还你。对不起。

——题记

我的行程越走越远，再回不到我们的起点。中途犹豫，是对未来的恐惧。

你的政策越放越宽，后退得几乎失去底线。卑微低调，是你对我的好。

这世间，再不会有人比你更包容我，也不会有人像待孩子一样疼我。

我走以后，愿有天使来爱你。

如果分别是彼此放生，希望你能比我幸福。

你越是对我好，我越觉得自己罪孽深重。今生此世，欠你乖巧的一辈子。

谢谢你，在我恨的时候还爱着，在我闹的时候能忍着，在我病的时候还救着，在我走了以后还等着……

我们的症结在于：相知太晚，相差太远。我终究学不会，圆滑与世故。请许我远离世俗，在红尘中，隐居，孤独。

辑二

如果离开是心之所向，我不该掉一滴泪水。可当你泪眼婆娑时，我还是眼睛湿润。我坚决要走，你还好心送我。不能否认，你是这世间曾无微不至照顾我的人。而我，此生无以为报。只有：早一天离开，少欠一份人情债。

葬花的心情，和林黛玉一样忧伤。我知道你在我的世界存在过，即使酩酊。

我们都没错，只是不适合。看我的眼泪，化作了秋水。

不是我悲观，那吟诗作对的梦想，根本无法实现。"携一人"或"择一城"，都不可能抵达终生。

我盛开的举案齐眉，早在你迷惘的眼神中枯萎。

一世的相敬如宾，怎会许给一时的心血来潮？

忘记我存在于世，无视你追悔莫及，忽略他悲喜不堪。

生活总在不知不觉中让人改变初衷。

在现实面前，我的坚守早已溃不成军，连梦想也力不从心。

其实想说：我愿缴械投降，在你最后时光的绝望眼神里倒下。

只是想想。早已远离的期待，怎么可能回望？

上半辈子已经受伤，下半辈子用来疗伤。伤口愈合之日，便是生命终结之时。

来这世上走一遭，只为亲历凡间疾苦。我的圆满，你的祭奠。

我把毕生柔情全部给你，不留一丝遗憾归去。

如果你还在，请为我们的往事铸一块墓碑，刻上日期，再葬了你我的爱恨，以及我所有为你流的眼泪。这一生，仅此一回。

故地重游（四首）

左右

借东荡子诗句，怀念一个去世的敬姓朋友

朋友要用一生才能回来。
　　　　　——东荡子

蜕壳的蝉为什么悄无声息地走了，晨霜头也不回选择逃离
夜莺为何一声不吭，南雁隔夜之间一去不返

昨天坏掉了的门铃依然在响，我以为你还活着
雪一直下，下了五个时辰。灯一直在走，走在夜里

看在上帝的分上，我原谅了泥做的石头
可从来没有人肯原谅，我仍苟活在这珍贵的人世

童年的木耳

正如我想象的那样
木头上长满了银黑的耳朵。正如我的童年

357

儿时，我在柞水
这块神秘的地方，丢了两只耳

妈妈指着院子后山
密密麻麻的木头架说
你的耳朵就在树上
它们在和你玩捉迷藏
去找找吧

我信以为真——
我在这里找了很多年

故地重游

一个人，在寒冷中替自己取暖
一个人，在洞内梦游
从波澜起伏的心底，到物是人非的角落

一个人，缓缓地爱着自己——失而复得的
身影。我一寸一寸地爱
爱那些剩风、残月。我一步一步地爱
爱这些千奇百怪的鬼斧、神工

也许我爱得太快了。我把二十年前的自己
丢在了这里。任凭我如何拖延时间

任凭我内心如何挣扎
我也无法将
童年的那面墙
刷新一遍，重新来过

听声

有一个声音
我一直在倾听

它遗失在一封封邮至远方的信中
或在一本本从未打开的书里

春风也做出一副倾听的姿态
每一捻灰烬的形状，都是我自卑的形状
每一片闪烁的火焰，都是我执着的火焰

列车呼啸而过，站台很静。铁轨是火车的读者
它敞开手掌，迎接火车幸福的蹂躏

一阵阵剧痛
碾轧着我和一株野菊痉挛的耳朵

我从远方摘来鸟声（二首）

丹飞

我是数过一万朵雪花的人

落雪的看客比落叶的看客更快接近哲学
数到一百朵雪花落地
也不见积雪
我是数过一万朵雪花的人
我数那些晶莹的跌落
多少朵完整保持了六瓣
风和我一样
假装不知那些透明的心碎
比深更深
击中某一截往事

我从远方摘来鸟声

我从远方摘来
鸟声

从高处
摘来夜色

从低处摘来
东坡和右军咬耳朵

从云水间摘
鱼
开满我不简而约的花园

它们趁飞机在地心那一端留下投影
长脚的花
走进硕大多情的花瓶

如果时间跳了一秒
槛外山树如弦上指腹吻过

瓶中空空如也
有飞鸟投林

珠江边的一个午后（二首）

陈科成

夜晚，躺在床上想起一个遥远的秋日

一种美好如同那片稻芒浮现
多远的一个秋日
记忆中伸手已无法触及

一年两年五年或许更远
美好之事构成总相似
就若秋季的如期而至

我们走在一条通往冬季的路上
其实那个金秋有些悲凉
而今忆起皆已抵达远方之岸

珠江边的一个午后

她说，晚上的夜景应该会更好

下午有人坐飞机去了别的城

珠江之水滚动着海的气息
轻音乐　随河水缓流

房屋隐匿林间
独坐之人　不觉光阴虚度

车子从大桥经过
演员化好了今晚的妆

无论早午
城市还是它该是的样子

凤凰花开（三首）

韦胜明

陆河梅园

一朵，两朵，三朵

万千朵，戴着春光

抿着小嘴，聚集枝头

天蓝得那么弯曲

美来得那么真实

忠贞爱情的传说

每一朵都是一封娇艳欲滴的情书

山河腹地，陆河梅园

弹剑而歌的豪杰，怀抱济世之才的文人

羁留仕途的官宦，引车卖浆之流

在这里折叠起过去时光

把名与利悄悄塞进垃圾箱

回归最初的本真和赤诚

学着一生只爱一个人

就像鸟儿用一生的飞翔爱着天空

凤凰花开

从黔北来到陆河外国语学校
第一次见到凤凰花开
我想她们一定是太阳的籽粒
或者一切与光有关的后裔
那么的骄傲　尊贵　美艳
像童话　燃烧的火焰

我想采撷她们的香艳
搭建一间心灵的住所
或者成为凤凰树的一枝叶
风来，也不走散
雨来，花开五瓣
让日子红红火火

合欢树

没有到陆河外国语学校之前
我是隔着文字的河流
在此岸遥看你的美丽
那些在小说里的洞房花烛
还有世人的传说
坐着时光的花轿早已远去

而此时此刻你就是我的新娘

用洁白的身躯和馥郁的浓香

降服我桀骜不驯的野心

心甘情愿做你的仆从

香艳我的一生

流水线（二首）

梅兰

流水线

生活就是不定性
不经意间换了一份工
追着流水线的脚步奔跑

一个个电子零件迎面而来
作何用
它们没给我研究的空间
只是机械地拽下来，放收纳箱

不知是它太热情，还是我木讷
八小时下来手指麻木

这才站稳，打量流水线
想看看头在哪里，尾在哪里
可我失望了

片刻间释然

生活的流水线，怎能看得清呢

阳光下的角落

他着衫零散
可以用衣不蔽体来落笔
眼神毫无光泽可言
也许是角落阴暗映射的结果

他在想啥，谁也不知道
他的视线一点也不给路客
他半蹲着，直勾勾地看着地面

一只麻雀在电线上叽叽喳喳
好似在生气地怒骂

他动了动
慢慢地一点一点地抬起头来
与麻雀对视
那一刻他读懂了鸟语

阳光都是公正的
站起来，走出去

漂在广州（四首）

李长空

我拾得一张身份证

在劳务市场，我拾得一张破损的身份证
主人姓李，男性，其他的皆模糊难辨

通过登报和贴海报，三天时间
共有十二位失主心急如焚赶来认领

南腔北调的，都说是在找工时遗失的
它可是他们在异乡生存的唯一财富

吊工阿山

站在城市的脚手架上，以大地为纸
血汗为墨，把壮丽镶嵌到祖国的封面

夜里，枕着疲乏同星星摆着龙门阵
乡愁已长出嫩绿的芽

辑二

漂浮者阿文

离开故土，就失去了重心
像一粒尘埃为生活四处漂浮

卑微是常有的，但灵魂必须干净
他知道，如果一个人没有了重量
连影子也扶不起来

天河购书中心

在钢筋水泥的森林中，一本翻开的
巨书，等待着大家的阅读

一群群蜂鸟飞来了，贪婪地
吮吸着花粉，酝酿着生活的蜜

在东莞（四首）

蓝紫

在东莞

潮涌般的人流中，喧嚣中有我
封闭的写字楼里，忙碌中有我
追逐利益的浮躁中有我
在静默中与灯光相对而坐，孤单的是我
在东莞，高楼林立，命运
却无法说出。我们来到这里
被相同的岁月怜恤，走在同一条街道
深陷同一种虚无。我们生活
在同样的蓝天和风雨中，追逐的
幸福，多么惊人地相似

活着

可以暂时安慰自己好好活着
平静、安详、喜乐
和大地上所有安居乐业的人儿一样

并不期待即将到来的一切
像树，被栽种、移植，或不合时宜地枯死
都不埋怨

只是顶着太阳，用朴素的一日三餐
用一把把风霜将自己掩埋

长青路

那些流逝的时间算得了什么
那些贫穷、流浪、饥饿、衰老的耻辱
算得了什么
这些错综的街道、小巷、马路
必定有一条，可以
减轻现实的残暴

走在接踵的人流中，我与它们
是一样的，我们残忍地
向生活奉献了肉体、青春、汗水
奉献了背井离乡的辛酸和故乡的记忆
我走过它们曾经的山水和今日的浮华
在纷乱的人头中，我们的疲惫和麻木是一样的

长青路是一条单调的路，一条
意蕴丰富的路，一条灌满了漫长寂寞的路

这样的寂寞让我热爱，它的苍茫
钻进我的心里，使我俯身
看见残叶和灰尘
看见它的包容、沉默、快乐和谦卑
看见世界温柔的朦胧

注：长青路为东莞市长安镇的一条路。

异乡人

有人从远方到来，有人抽身离去
他们像草木，一季一季生长
在别人的屋檐下
露出沟壑纵横的脸

一片土地，可以藏住多少秘密？
可以藏住多少细小的表情
这里的桥梁、高楼和载重的车辆
听不见墙角低处的轻诉
沥青的河流，到不了心中的家门
他们都是被命运搬运的
企图着陆的灰尘
与风做着绝望的对抗

在大湾区摘梦（二首）

张绍民

漂是一个积极的词

心怎样，心里的词就怎样
对一个词语的理解，放在阳光下
就有光明的眼光、看法

去广东打工、去海边谋生
在南方漂，在大湾区耕耘

脚印外出为开心的车票
脚印飞成翅膀
长成拥抱蓝天的括号怀抱

快乐的脚印：一个时代的胎记
如何流淌为时光的音符

脚印好比印钞机印出来的钞票
清风清点脚印：树叶都很新鲜

在大湾区摘梦

很多省南腔北调的脚印
来广东、来大湾区、来海边
打工、谋生、创业、做生意……

这里可以把汗水的波浪
烹调成高兴的面条

这里可以把汗水
作墨汁
绘画出壮阔原创的大海

这里可以把赚到的微笑
绿化老家、故乡、今生

这里可以把梦里描绘的美景
变为硕果累累
摘到梦中果实

不说归途（二首）

文杰

东莞月色

那时，站楼顶
看 60 层楼下的东莞
浮华，喧嚣组成了
一条街恐慌的车流、人群

那些匆忙的，奔驰
像是在时光里挣扎，脱逃
而我拿着砖刀，居然淡定地
将一块块砖，砌上墙

仿佛，偌大的东莞
有多少栋 60 层未竣工的建筑
就有多少个我，心如草籽
在静静看着夜露在草尖
摇曳一寸月色

南城镜湖，还是做了一面镜子

照得月光下植物园一般绿
仿佛整个南城区都绿在春里

不说归途

从广州坐火车要两天才到重庆，漫长
睡上铺的兄弟，从接听电话
得知也是回重庆老家的
闲暇聊天，说在外打工二三十年
回一趟家像做客，乡人不识乡路不熟
闲谈之间，叹息大半
他说：习惯在外，老了咋办
家乡一天一个变化，自从乡间小路建成村村通
回一趟家，问一回路
奔六的男人，感慨之余像做错事
聊着天，粗糙的手还不停地把手机摸来摸去
愧疚得很。"一年能寄多少钱回家？"
"现在外面越来越不好打工了，要文化。"
说到这里，很失落。20世纪60年代生的人
兄弟姊妹多，读得起书的少
得承认，我们这一代人越来越不适应社会了
广州、深圳、浙江、珠海，哪儿打工都缺知识
"一年回家一回，还一票难求。"
他中年沧桑的脸上，额深皱纹里
明显刻着很多无奈心酸。一路上
我们相似的经历太多，有些聊天话题
不得不，泊在途中

辑
二

雨水次日，离别（二首）

林然

同一个屋檐下

两只鸵鸟
扇动笨重的翅膀
从北方向南飞

她们携带着酷暑
流逝的光阴
褶皱的长度，宽度，深度
爱，希望和祝福

她们各怀心事
相互问好
同一个屋檐下
和气，相安

雨水次日，离别

昨日的雨水在今天
一分为二
一份洒向你，一份
留给我

你远去的背影
遮住了盛开的五角梅
恣肆的雨水
淋湿了我欲诉的心事

春风正走在路上
它带来的依然是家乡的寒气
亲爱的，请慢一点
让我将南国的温暖
装满你的行囊

异客（二首）

潘晓春

异客

我想把鸥涌称作水乡，
东江就大潮涌动。
它喜欢在午夜，
淹没我下班的路。

芭蕉树站在月光里，
像等待收货的商贾。
我的心会在和它相视的瞬间，
彻底粉碎……

只有这个时候，
东莞是我的，
鸥涌是我的，
广州湾也是我的。
我是东江船公卸载的一堆货物。

鸥涌市场

嘈杂声很廉价，比如
大妈筐中的菜花。

我没发现卖蜂蜜的摊位，
却想见大片大片菜地站立
远乡——
戴草帽的养蜂人，
花海晃动。
太阳的手，替我掀开村庄事物：
虚拟蜂巢的安静和喧哗。

今天的我们（四首）

陇耕

山上

走在寂静的山上

常常听见一道道汽车鸣声

在那更高的天幕上

似乎是秋千来到

将带着我去寒梅正盛的潇湘

而山下又是车水马龙，熙熙攘攘

几树桂花还在醒着

落在我的头顶，雀跃芬芳

如果我能再天真一点

像春天里的小燕子那样

精神抖擞在岁月的长河里

不留遗憾，一滴水从空中落下

打湿了路过的朵朵鲜花

并非偶然，一阵风的速度

飘忽间仿佛世间的落叶

再也没有痕迹

在懒洋洋的午后

在柳儿弯弯的春天里
我依然醒着，自由嬉戏
譬如燕子
譬如这融融的晨光

游思

在寒冷的小路游荡
在暗夜里徘徊
梅花正在飘香
明月不知醉倒在何方
儿时梦于成长中疏远模糊
只剩下躯壳还在回廊
躯壳里跳动的不知是谁的心
我剪下一缕西湖的阴凉
托捎给夜暗中的你
通向前方
当岁月的翅膀折落
不管是地狱或天堂
不让浮尘侵扰你的平静
只余些思绪萦绕山岗

今天的我们

思念聚满了一地

往来俱是匆匆的人群

尘土飞扬

在半空中潇洒

找不到前方的路

那是个遥远的梦境

寻不回过去的痕

身世如雨打的浮萍

篱笆边的花朵

开了又谢了

昨天的故事

短了又长了

今天的我们

留着一颗颗疲倦的心

远方

山下火车一声声鸣唱

干扰了树下的沉思

惊动了树上的鸳鸯

疏影斑驳的石阶

承载了多少行人

过往，不敢想象

这是造物者的慷慨

给予了无限想象

还有那诗意的远方

夜行（二首）

杨晓斌

夜行

当汽车撵走最后一束光
我就成了黑夜的影子

黑夜收走了所有的路
又仿佛铺开了千百条路
此时，只需一声犬吠
就能填满我

这漆黑的夜
多像是故乡的冬夜
乡村的那些夜晚
多么温暖

我知道，应该呼叫一个人
送来一支火把
把这无边的黑夜点燃

茫然四顾，我张开了嘴
却喊出了自己的名字

异乡的江堤

如果上白班，晚饭后
我会到工厂旁边的江堤上
独自坐上好长一段时间
看江水驮着满载货柜的船只
以比步行还慢的速度，向东而去
看夕阳伸出十万只黄金的手
把白昼一点点收走
没有收走的，就被灯柱挽留

江堤看见我背着夕阳走来
又看见我甩掉影子离开
还看见，江水流走了
就没有再回来
独自蜿蜒的江堤
见过我在异乡眺望故乡
却没有见过我
在故乡，寻找故乡

工资

雪花

是闹钟，是日历
是迟到，是早退
是布匹，是裁剪
是通宵
……

从年头到年尾
没有厂规没有节日
没有发条，却能周而复始
你是陀螺
有一个看不见的鞭子
带着某种诱惑
你旋转，旋转
你停不下来
头上的青丝也停不下变成暮雪的脚步
然而，希望一直在潜滋暗长

辑二

在增城短暂之约（二首）

陈宗华

在增城短暂之约

一路荔枝林一路风尘
只为和德远有个约会
德远用黑蚂蚁驮诗，还驮荔枝
德远在增城很忙
我们相见的时间很难确定

我只好先去了德远办公室
一个人在办公室想象德远忙碌的样子
掐准返程的时间给德远留下微信——
时间不等我了，我们都是路上的奔命人

本想就此算是不见就告别了
德远一边打电话一边向我追来
一定要见见啊，一块儿唠几句乡音
好兄弟，饭就欠着，等来年的荔枝

德远一定要等我的车起程后再挥挥手

我猛然间发觉德远是孤独的

远离故土的德远还来不及品味我身上的故土气息

奈何白云催发，刻不容缓，我是有归宿的云雁

以书的名义长住增城图书馆

这一点，我终于办到了

以书的名义长住增城图书馆

让《流水的张力》多沾沾增江的水气

让《泸州物语》多一些荔枝的甜蜜

这两本书都是我著的

在增城图书馆，书如烟海

或许它们不能出类拔萃

但能替我好好地居住在增城

成为书香增城的一分子

成为异乡人找到乡音的可能

增城图书馆给了它们永久的番号

我会时常想念它们，感谢增城

新塘镇的牛仔女工

李文山

增城南部工商重镇骄傲的五月
雪怀子荔枝和和西洲香蕉撑起一朵朵浓荫
白云山与白眉山夹峙的乳峰高高挺拔
一枚闪光的团徽亮了黄金走廊的明眸
令广佛都市圈与深莞都市圈在此交会
让 Levi's、Lee 和 Wrangler 交会在热辣辣的阳光里
也让李维斯牛仔裤交会在热辣辣的目光里

加利福尼亚淘金工人穿越大洋登陆增城
携着 Levi Strauss 制作工装裤的创意
红旗、撞钉、车花、纽扣、布标、皮标
一块滞销帆布自有它不同凡响的神奇
老爱度假的美国总统吃着大洲粉葛
穿金戴银的嘻哈天王品尝田心马蹄
牵来东方丝绸从她们身旁一一走过
不由自主地转过头来作水南白蔗般伫立

她们不喜欢夏季时晴时雨的天气
如同讨厌病毒一样时散时聚摇摆不定

但愿岭南所有的日子都是春天阳光一样绚丽
太阳石般晶亮的眼睛微笑着
让火辣辣的太阳射向猎猎旌旗
努力提升牛仔面料服装产业的国际竞争力
从那些青春热血激流的胸膛里
一如金戈铁马快乐而艰难地升起

哦，新塘镇的牛仔女工娴熟操作着剑杆织机
快速更换品种和无人操作等功能无所不及
不仅仅有强调体姿优美的瘦窄型
不仅仅有低腰牛仔裤追求性感的艳丽
如果是男子汉，你就大胆去爱吧
她们敢教电子多臂、多色以及不均匀卷取
一起为我们提高质量和服务劳动生产率
不会叫现有资源白白地浪费
不会随意裁伤你青春的记忆

辑
二

391

裸睡的民工（二首）

李明亮

摸黑扫地

我的白天，都交给了工厂
夜幕下的那间小租房暂时是我的

在小租房里
我有许多的事情要做——
屋内的东西各就各位，衣服叠成平平整整
把墙壁的灰尘和地面的垃圾清理掉
让从门缝钻进来的小蚂蚁可以大摇大摆地走
最后把自己放在澡盆里
用清水把整个夜晚都洗得纤尘不染

完成这些后
我还要到屋后的小院子里
摸着黑，仔细扫一遍
扫完之后，我还要把衣服洗了
在院子里晾着
即使风把它吹下来，落在地上

也还是那样干干净净

裸睡的民工

晚上可以睡觉
中午也可以小憩，真好

脱去油污和尘土
身体原来如此干净

没有任何依附
只有亲切的肌肤包裹热血

裸露，与性无关
只是让汗水能够四处逃遁

一个被称作民工的男人
一张草席说出了他的所有秘密

辑
二

我把一吨废钢筋搬成了三吨（三首）

刘忠於

幸福的窝

我只想，在广州这个熟悉而陌生
是异乡又是故乡的城市
有属于自己的一个窝
能够容下我的身体和灵魂就好

我笨，我就笨鸟先飞
我蠢，我就愚公移山
我慢，我就蜗行牛步
二十九层的房子
是一个高悬于我头颅上空的梦

为此，我蜗牛一样
一厘米一厘米努力地朝上爬
我坚信，总有一天我会爬进
汗水中长出翅膀的
幸福的窝

我把一吨废钢筋搬成了三吨

在工地，我把一吨废钢筋
搬上三轮车
接着，我把一吨废钢筋
从三轮车搬到秤上
最后，我把一吨废钢筋
从秤上，再搬到废品门市里

这个动作一气呵成
完美收官
一吨废钢筋就这样被我
搬成了三吨
仿佛，我掌握了一种简单枯燥的生活
就会举一反三

出租屋是我孕育梦想的巢穴

低矮，潮湿，阴暗
不足九平方米的出租屋
是我打工的栖身之所
容下我血肉的身体
与思想的灵魂

我的梦想说大不大
说小不小

就是在打工的城市拥有一套房子
有一个属于自己的窝
就知足了

我用青春，热血，汗水
和智慧，浇筑梦想
斗转星移，这个花开半朵的
梦想，也随着日新月异的城市
而拔节

光拥有一套房子
还不够完美
还得有一个好看的本地女子
做房子的主人
做我的娘子

出租屋是我孕育
梦想的巢穴
三年不鸣，一鸣惊人
三年不飞
一飞冲天

车间人生（二首）

叶巨龙

车间人生

冲床，从笨重的工作台上发出
刺耳的撞击声
像落在心坎上的石头
埋藏心中的压抑

冲模起落间，时间像一支沉重的皮鞭
从枯燥的节奏声中发出
密集的暗示
直到在黑夜的深处
落下喘息

一枚钻头折断了，另一枚钻头顶上
它们早已经习惯了
敲敲打打的日子
一台冲床连着一台冲床
堆积如山的零件从工位上
被陆续拉走

又不断地填满

每一批零件都来去匆匆
多像那些披星戴月，赶赴生活的背影

农民工速写

把背包扛在肩上
乡愁就装满了行囊
从一座城市辗转
另一座城市
在厂房林立的工业区里寻找
活着的证据
汗水盈满所有
枯燥的日子
轰鸣的机器声中
流动的产值日渐
填满了
岁月的便签

暮色时分
升降机载着思念把我
送上城市的顶端
那依稀的灯火里
一半是明亮
一半是忧伤

城市速写（二首）

邹弗

人间辞

我就在我们待过的城市
找了一份简单的工作
给别人烤鱼、送菜
到深夜跟老刘坐在
河岸的石阶上闲聊
跟老刘我也没有说起你
我只是觉得幸运
你也在我所在的人间

城市速写

街道从河水中出现，犹如被太阳烫染一遍
车汇集，五颜六色汇聚
楼梯口摆放着擦拭得晶莹的日子

他们曾经从深夜归来，现在两手空空

对仁慈的小猫毫不抵抗

树上筑巢的人群，是明天的地铁

而我路过，像一个已经冷却了的上帝

珠江夜游船（四首）

温经天

中年以前

中年的巴赫或曾来此
江边公园簇簇绿衣
蝉声问：一个人的逡巡与沉寂
是否代表所有南渡之人
白光拥挤的活力透过叶荫
世间的孤独变得柔细
恩典从不告知具体流向
总有一道江波深谙和解之词

他在中年以前触及花蕊
轻微的荡漾，无形的颤抖
江风里，所有经验都在运转
被搁置多年的石围塘码头
刚刚闪过晨跑的影子
更多的村民忙于搬运物资
而伫立者闲看缆绳
向浮云索取南方琴音——

辑
二

中年的东坡居士或曾顺流于此
一艘机器船的缄默一以贯之
十万场豪雨染不尽行人
绿树绿坪绿道，年轻的水汽
升腾着苍老的信任

白虎与火烈鸟

冬日入住番禺酒店
夏日环绕长隆野生动物园
众人自愿掉进此结界
请用红花与绿茶赞美南方
请用摄像机记录所有的语言
在超强钢化玻璃内外
人与野灵友爱和谐
不再惊惧，反以浪漫为凭

所以现在该怎样呢
摆好人间姿势，放低观物眼神
隔着玻璃看白虎慵懒
晒绿色的日光
另一侧火烈鸟静默思索世界
通往码头需具备哪类哲学
琴弦无端，自天上倾泻
分不清旋律始终

白虎用冥想的毛耳朵

测算他的籍贯；火烈鸟自恋

心已穿越飞回南方以南

法阵不再，欲望永在——

这逼真的异象为疲惫的人类所爱

珠江夜游船

三年后，珠江夜游船上空

呼呼的江风发出吁请

十岁儿子指出硕大的玫瑰星

欢庆第一个南方新春

珠江两岸，天河、海珠、荔湾

内心的火焰穿透幕布

正月初五那晚，白天鹅收翅

但求有山水共做证

陡峭以温柔的表情抚摸额头

流水失忆，漫他而去——

爱了解生存所有秘密

珠江也许不在，身边熟悉的波涛

来自另一个人？欢呼多时

看或不看广州城皆湿

别向水滴索取意义

昨日渗出杯沿，今夜攀爬石梯

这过分的繁殖！这游子
铁质的，也是水生的游子
锈蚀所有但不褪辉光
在水的尽头，轰鸣的梦里
他梦见心底那块旋转的江石

重游白天鹅故地

沙面公园深处有多深
为何逡巡如此久长
白天鹅故地，香气荡漾
比剧情涌动的书籍更迷人
分不清雨水还是江流
依赖体内波澜，他成功登岸
有心的喉咙请唱颂
从简约到繁复

我们应沉湎而非指认
应持缄默而非哀哭——
时间凝滞，地址不变，事物不改
才学会对梦境的谅解
白天鹅飞舞在西洋建筑群
轻盈、安宁。人间必怀仙境
念头落下，雷雨落下
遭遇下一段将来

一切重临他眼底
重听情感的刺波动三千行流水
重写三百天每一缕鱼虾腥气
重现三十岁夜夜对星发呆
重遇永恒的你

1977 年除夕夜的月光（二首）

冷江

1977 年除夕夜的月光

那一年的月光
冷若一池透明的薄冰
我和母亲悄悄地在薄冰中穿行
像两条无家可归的鱼儿
却又像是两枚被冰封的深秋的落叶

四野静寂
我听见来自腹内饥饿的歌声
母亲枯黄的脸上
保留了野菜叶的痕迹
却又从双眸里涌出对炊烟的向往

那一年的月光
像母亲皲裂的手掌
粗糙、坚硬却又充满温暖
而我细小如蚁
默默地踩着掌纹行走

蜿蜒的山道
刻下月光的形状
深深浅浅都像是母亲脸上的皱纹
我们无声地前行
像沉默的犁 开向地心的深处

那一年的月光
是 1977 年除夕夜
最后一轮月光
在天空透亮之前
母亲和我逃离了饥饿的村庄

夜的恐惧

夜是不诚实的朋友
在我们最脆弱的时候
悄悄光临

像黑色的幽默
溜进我们的鼻子、眼睛甚至
还有嘴巴

我们无力反抗
在黎明到来前
我们所有的拥有

都视而不见

夜早有预谋
无数的光影
在天地间飞舞
像潮水
漫过我们心的边界

需要一场梦
来缓解我们的恐惧
需要一缕炊烟
让我们从悬崖边苏醒

雄鸡的血性
故乡老屋门前小河潺潺
那些微小的记忆
穿透我们
久已沉睡的眼神

松山湖风景区（五首）

张须亮

快于秒针的风扇

一些快于秒针的电风扇，透过玻璃窗
被看见，在路边。公交车、面包车、
黑车和白车，纷纷路过；你也经过。
仿佛是在夏天，但你不见工作而冒汗的人。

松山湖风景区

一个男子背着包，在松山湖风景区。
他来到这里，有什么打算？
下一站，什么地方？
城市的喧哗在远处，把安谧留给他。

晨骑单车

似乎还是同一辆共享单车，伴随我，

踩着它的双脚，人说小黄车。

日红，灯绿，路过辅道和立交，

在异乡之城漂泊，把晨曦空气呼吸。

堵车记

宽阔的路面，前方一个上坡

一片红。我惊讶那是一片什么花。

我坐的假日车，停滞一个半小时，挪动两站；

看海的人，有的尚未归返，不知何时上车。

将过洞背村

山下的一个村子，面朝海；

我坐着，不知面朝什么方位。

山里有步道，步道有诗歌。

已游过了——马峦山公园。

深圳散帖（二首）

李祚福

罚款综合征

我在宝安机场
联运通公司做移交
拖着一个个夜晚
睡在白天中心

我总是患得患失
怕出错
怕老板抓到打瞌睡
怕不见货品和叉车

超市

镇上最先是龙洲
后来增开美联、南城、康之宝、国惠康
说逛街，确切说是逛超市
各种家电、美食、水果、洋酒、时装……齐全

进去的人，大概都有一种心痒病
男男女女，味觉、视觉、听觉同时开放
每次陪妻买衣服，我都建议她试穿韩版
那种衣领正好遮住她不小的富贵包
随着网络平台兴起，妻喜欢从淘宝购物
租屋中堆了不少她一时冲动的证据
我越来越少去街道走动，超市，渐渐减少
但它如盘根错节的古树，还在城市呼吸处

在田里劳作的父亲（二首）

袁韬

在田里劳作的父亲

清晨的泥巴，在一粒谷种的新芽上醒来
匆忙的鸟儿觅寻着草间的毛虫
草，被一把大镰刀挥舞成均匀的切面
剥开草与草的距离，父亲奔走其间
赤脚插进田里，浸泡成饱蘸水墨的笔
在不规则的画板上，最硬的茧
提笔，点缀两筐的嫩绿

黝黑、朴素与沧桑
在他的领地，终日思索着
如何把秧苗打磨成一棵庄稼
年复一年，从犁铧的脊骨里传来
根系与大地的碰撞，然后拔节、参天
撑破五月的空气，溢出稻香与蛙声

谷雨时节

春天最后的一个节气
许多晶莹剔透的事情
像一滴水珠慢慢充盈
几声布谷拨开迷蒙的雨丝
蚕宝宝躺在桑叶堆中熟睡

鸟从草甸中起飞
又漫无目的地飞走，就像白云
桃花不动声色地赶来
躲在青纱的帘子里，娇羞着

一切都在酝酿
四月的清晨刚醒
篱笆外就传来柔软的笑声
踩青的姑娘，背着竹篓
相约去茶山，采一片谷雨的清香

深南大道像条入汛的河（二首）

刘建辉

深南大道像条入汛的河

人车的支流不停息地汇入
喧哗　浩荡。深南大道像条入汛的河
河面时有生命之轻掠过
河边优雅、现代的建筑呈现几何之美
领我抵达的辅助线
在哪里

我在过街天桥的孤岛上张望
你如潮汐
涨了，又落
民航客机，羽翼稀薄
似我空荡荡的闯荡中滑翔的蝙蝠衫
我还有不息的青春做伴

蔚蓝的玻璃幕墙的绝壁上，扭曲的镜像
仿佛印象派的画作

给我一条穿越钢筋水泥之城的河

给我一条穿越钢筋水泥之城的河
当作救生的气垫
为攀爬房价高峰者
预备

作为后路，留给和我一样的南漂者
河与我们血脉相连
竖起是故乡的炊烟
匍匐是寻梦的祖先

水泥灰的楼群倒映河面
成了蹚浑河水的
食物链顶端的水怪

房价的陡峭处，泪珠般滑落的
似大鱼　小鱼　虾米
与爱……

南头古城，流淌着光阴的故事

刘贵高

1

循着一缕花香，探寻
深圳的源头。历史的脉络里
一代又一代的深圳人
留下的汗渍和背影，铭刻在
斑驳的古城

一砖一瓦，流淌着
光阴的故事

2

一片绿叶，打开城市记忆
石板路，青砖瓦……随处可见的
岭南雕刻，古朴素雅，仿佛在
诉说着历史的沧桑，铺就
时代的况味

闭上眼睛，缓慢呼吸……
时光深处，是人与自然的和谐共生

3

当多元艺术与古城碰撞
深圳速度告诉我们，除了
快速变幻的世界
还可以拥有，更加辽阔的
时空坐标

南山，时尚而古典的气质
让千年文脉，焕彩流芳

4

筑梦海洋的号角，声犹在耳
蓝天白云下
深南大道飘扬的旗帜
点亮了
粤港澳大湾区的册页

那些流淌着的光阴故事
正在靠近澎湃的潮头

南漂，或有关广州的记忆碎片

何军雄

一

二十多岁的青春，在一座陌生的城市里
驻足。写下打工两个字的辛勤双手
沉重的脚步，怎么也无法融入都市节奏
我们，被称为南漂的西北汉子
见证了广州的发展变化。思绪万千惆怅
犹如一粒远离故土的种子，时刻
都准备返乡，因为在他乡再肥沃的土地上
也无法实现一株庄稼发芽的梦想

珠江夜游的独特魅力，怎么也吸引不了
一个外来打工仔的好奇心。厂房里
机器的嘈杂声，盖过了广州建筑的塔吊
高耸入云的楼群，我就是一只蝼蚁
攀爬于街道的一角，萎缩的身子战栗
成一种病态的城市搬运工，内心
被莫名的伤感，填充成盛大的空虚

二

无心顾及广州塔的高度，它们的伟岸
似乎与一个南漂的打工仔没有丝毫牵连
闷热，急躁，压抑，所有慌乱的东西
填补着心灵的空白。犹如故乡清泉一般
在内心肆意流淌，割舍不断的乡愁
如同广州夏日的热浪，再一次席卷而来

南漂，治愈了一个游子多年的顽疾病痛
那些成长的记忆，如同广州的变迁
铭记于心。堆砌尘世所有的辞藻雅句
为打工仔的足迹，做着最后的陈述
动感成一种生活的美好，在广州蔓延
人生的坐标里，镌刻下南漂的印记

三

南漂的日子，唯有写下的一行行诗句
才能给我一丝心灵的慰藉，空白
占据着一切。大写广州繁华的变奏曲
填补了南下的忧愁，青春年华
就这样在广州的时光里一去不复返

寄语年少的轻狂，以及家人的嘱托
背井离乡。犹如一只离家的孤雁
漂泊成广州街头的晨光和夕阳

岁月的痕迹，写满了南漂的诗篇
打工的辛酸，为城市增添一抹亮丽
犹如枝头摇曳的风铃，响彻成
故乡最为淳朴的一截乡音和语录

四

在广州，我的行李和诗行一样沉重
唯有进取，才能解脱心灵砝码
攀缘成一种姿态，沿着时光徒步
成长的足迹，踩踏过无数的道路
漫过内心的风，穿透过广州的街心
从四季的变迁中领悟尘世风情

我的诗行日渐庞大，如同我的胃
咀嚼着广州这座发展的城市一般
多年的磨炼，造就了一个少年
持之不懈的拼搏。第一次领薪水
和我一首不起眼的小诗上报一样
欣喜若狂。广州，成就了打工梦想
萌发了一个青年勇于向上的信心

五

在广州漂泊，一边打工一边写诗
发表文字的报刊，和码起砖头一样
内心的喜悦，也由当初的惆怅

辑二

变得晴朗起来，看着广州的街头
已不再那么陌生，甚至有种喜欢
恋恋不舍，总想在这里多待些时日

南漂多年，为一生孕育能量
广州，好似阶梯或是坐标一般
为一个少年的前途指明航向
站在广州宽阔的道路上，思绪
回归到多年前的画面。记忆犹新
南漂的日子，就是我走向梦想
犹如一座里程碑，一生难以忘怀

前詹镇看莲（二首）

胡明桥

春之豪雨

再也没有什么，比岭南大地的
这场春之豪雨，更强大的
滋润了——
电闪雷鸣、江河外泻、高山悬瀑……

我喜欢，茫茫天地间上演的
这激情而野蛮的
一瞬

因为豪雨的来临，不仅仅
冲洗了我们，在尘世里的污浊
也开始了，我们心灵里
一直期盼与讴歌着的，又一个
崭新而明媚的春……

前詹镇看莲

在前詹镇沟疏村我观莲的感受有三
一是静谧的村，二是纯洁的人
三是美丽的莲

它们共同拥有一个
恒为世人称颂的高雅而令人进取的名字
让美丽惠来，荔枝之乡的水
透明到了极致……

珠江边的回音（二首）

张广超

浮于广东的夜幕

顺德陈村，一个模糊的点
记忆的浪花，隐若隐痛拍打二十三年
简陋工棚房、窄小空间里
一个追梦少年，捉住了清风明月

他，把飘浮的云朵捧在手心
天空就是他的
或许，泥泞人生不止有眼泪
心路延伸处，掩埋他如云般色彩
风一来，他随广东上空的云朵
悬浮打转

落日，寻访心中的孤岛
深秋余晖，温柔地照耀着
他不喊一声痛，沉默于淬火的力量
瞬间涌向广东光明的慈航

珠江边的回音

那晚风来得狂
我在珠江边的风中挣扎
忍住胸口的痛
忍不住眼里的泪

擦去江中的影子
从对岸望去
用呐喊，敲醒锦屏山骨骼
回音略显沉闷

举目间，同样的风声
同样的黑夜
请允许我
把记忆的鸟群赶走
把流落街头的种子捡拾干净

登白云山（二首）

刘政

登白云山

在最偏的小路拾级而上
拨开身体的云雾后
眼前便浮现出，半个花城
大地呼吸
以白云形式呈现
或许，此山也是由此冠名
仿古的指示牌，总有人
探索起梅花谷、碧影湾命名的由来
而我站立在山脊的贫瘠处，寻找
或曰眺望。与人间
陷入长久的沉默
或从外部视角
静态的远景与动态的近景让我
看起来，处于一种对立
唯有，城市热岛效应令我真实感受着
生活制造的风，忽暖又忽冷
此刻我正在石阶上寻求身体的平衡

并从太阳的反方向下山
看影子不断放低自己的位置
就像白鹤也应该知道人类
即使凌绝顶
也远比众山小

花城觅名记

初春，我从大雪中南来
楼顶花园已具备了盛夏景象
邻家小姐来收取她晾晒的黄色碎花裙
语气温软，不甚标准的普通话
问起来从。而我
其实并不是一个真正的旅客
我所入住的民宿
花瓶也是空的
有充足的填充与比喻空间
连同此刻，香味充溢了嗅觉
却说不上这些花的名字
正如我始终想不到一个合适的
去形容她
但眼前，在高于大多数建筑物的位置
她教我如何享受岭南的阳光
说一定要吃一次
某家的早茶
她纤细的手指向更远的地方

那里有她三十年来所有关于美的
感受。我顺势想象
想我是否应该问询她的芳名
想那开着橙红色花瓣的
是否称作木棉
但黄昏为一切
制造了保持神秘的氛围。此时
她说，这片土地有个很好听的名字
——花城

人生的趣味，恰在刚刚好

王尹青和

你不问，我说与不说，

我问了，你说与不说，

彼此懂得这四个字：心知肚明

某个时间，某个地点

遇见，或熟视无睹某人

有的说出来好，有的不说更好

有时想些和做些什么好，有时不想和不做更好

白驹过隙，岁月如流

过去，现在，未来

活着的需要智慧，难得的是糊涂

而人生的趣味，恰在刚刚好

于半醒半梦舍得自在之间

大海（三章）

王梦曦

大海

一群水跑累了，就会瘫坐在那里，以无边的深渊为榻，痛悔于前世今生。

那正是云升起的地方。早晨的太阳煮沸，以无边的热力感染与唤醒，飞升的欲望。

我们只是看到它的边沿，无穷地荡漾，一次次地踏足沙滩并折返，应和着月亮的盈亏潮涨潮落。

言语的贝壳收集海风，常常耳鸣的耳朵，接通外海的眩晕。本来无一物，奈何常萦回？

礁盘老泪纵横，沟壑日深，终将崩解于潮水的一次次叩问，胡不归？归何处？

不择细流故能成其大，一泻汪洋成为海拔的起点，一切因水而生，云蒸霞蔚，俱是过眼云烟。

白鹭

靠湖的人叫它鹭鸶，靠海的人叫它白鹭，很多年后，我才知

431

道它们原来是一物。

无论是滩涂浊水，还是芦苇摇曳，永远一袭白衣，亭亭玉立，姿态娴静，不慌不忙。

亲水的居民顾影自怜，或三五成群，贴水滑行，把影子与自身连为一体。

它们善用人类的智慧，在渔网的木桩上观察、觅食，游来荡去的小舟常常空手而归。

翩翩高举，残照如血，终将融于盈盈月光。

十一月的风

十一月的风是干燥的，爽利的，闻着不咸腥，抚着不滑腻，直截了当地刮来，舞弄着阳光下床单的裙摆。

阳光牧场一片银亮，千万条鱼的脊背踊跃着，把岛的轮廓轻轻勾勒。

一切纯粹的事物都在阳光下闪光，连同中午醒来的梦幻，连同不知所终的企望。

极度荒寒，又灼得人皮肤生痛，蓄藏的热力绵绵不绝地输送，还有来了又还的潮汐。

衣服在风中婀娜，褪去人的躯壳，里面有一颗躁动的灵魂。

一天的十二个时辰，一年的十二个月，珠海迎来了最好的时候，紫荆花已沿街开得荼蘼，一条珠江把曾经走失的港澳揽在怀中。

季节之外（二首）

夏明

暮年

雪飘在顶上，风出没于身边
与冬天对坐，我已没有了博弈的资本
——无险可守，何不大门洞开
像远山托着的夕阳
手中的这一粒棋子却总也不肯落下

真眼假眼都是眼，输赢另当别论
我只想在黑白相间里待得再长一些
认识到金角银边时
草肚皮已滚圆
刺还是碰，收官都迫在眉睫

随手、俗手、缓手握着擦肩而过的时间
围着一盏灯取暖
我知道这一盘棋已下不了多久
我在等待着它们回来复盘
可雪阻了远路、风迷了方向

秋夜

秋风来回拖着大网
一尾漏网的小鱼，要怎样
才能潜到深渊的更深处

我听见漩涡在玻璃上打转
从梦中醒来
桨声灯影就不见了

远远隐去的可是海钓的小船
浮上枝头的波浪
泛在鱼肚白

——我是多么害怕又多么渴望
被垂纶的光线钓上

【附录】

我觉得我这一代人，作为居住在广州和粤港澳大湾区的中国诗人，是特别幸运的写作者。（杨克）

三十年的南漂，最深的体悟就是苏轼的两句诗，一句是《望湖楼醉书》中的"故乡无此好湖山"，一句是《定风波》中的"试问岭南应不好，却道，此心安处是吾乡"。（卢卫平）

南漂，让诗人看见，并说出。（方舟）

南方空气新鲜滋润，大海与荔枝树林就在身边，感觉很舒服，但生活节奏更快了，停不下脚步。（周瑟瑟）

南漂就是追逐梦想之旅，在南国开启新生活，在诗意中建造新家园。（谢湘南）

深深地爱着这片土地，从化的山山水水让我有了一种故乡的感觉，奔走在那里，觉得心找到了归属。（姚中才）

一次南漂，一生旅行。留不住漂流岁月，留得住淡然人生。（彭争武）

广州是我的第二故乡，承载了我所有的青春岁月。（布非步）

南漂是成就人生的大舞台，只要你足够努力和勇敢。（罗德远）

广州是一个有糖水的城市，谁都可以喝一碗。（黄双全）

"南方"意味着温暖、明亮、梦幻，甚至永恒，永恒的精神引领我们飞升。（鲁子）

我喜欢这落地生根的感觉，那是一种时刻都在生长的幸福。（宝蘭）

在岭南，我像一棵大榕树，在大地上撑起一把伞。在岭南，我像一树木棉花，在天空点燃一把火。（张国民）

从闽西大山到岭南水乡，变的是生活方式，不变的是对诗歌的坚守。（朱佳发）

广州包容、开放、前沿、励志，这里四季如春，适合生活、梦想、奋斗、思念、收获。（杨兵）

海纳百川的南方文化，镌刻一代人回味无穷的美好记忆。（马林）

深圳是一座充满想象力的年轻城市，在这里，我才真正意义上进入了现代写作，它是我文学栖居的殿堂。（赵俊）

很喜欢"此心安处是吾乡"这句话，南漂给了我新的生活。（水文）

在深圳生活得久了，就适应了这里的南方节奏与气质。（叶耳）

感谢南国的一切，感谢自己来到南方。未来漫漫，更待后续。（赵祎楠）

一个改革开放的大时代，给了筑梦者"南漂"的机遇，一切美好都在奋斗之中。（王虎）

广州是我的第二故乡，我喜欢这里，生命不息，逐梦不止！（贺翰）

美丽的南沙，是广州唯一面向大海的地方，是一个充满诗情画意的地方。（孙禾）

南漂的人，应该被记录，被铭记。（万传芳）

"南漂"成了一道风景线，我从容走在其中，尽情享受给我带来的幸福和美好。（张阳）

广州，是英雄之地、奋斗之地、收获之地、成长之地，值得一代又一代南漂人为之努力，为之抛洒，为之奉献，为之咏唱。（于姜涛）

附录

广东的开创性、先进性和包容性，让我深深认同并安定下来，也是我追求文学梦想的地方。（兰浅）

南漂是一个时代的选择，千百万人因此改写和创造了自己的命运。（袁仕咏）